新編　志樹逸馬詩集

目次

『志樹逸馬詩集』 115

未公刊詩選　233

凡例

本書はこれまでに刊行された志樹逸馬の二冊の詩集、『志樹逸馬詩集』（方向社、一九六〇年）、『島の四季』（編集工房ノア、一九八四年）に収録された全詩に加え、志木逸馬が遺したノートから未公刊の詩を選んで編んだものである。

既刊の詩集の形を極力踏襲したが、『志樹逸馬詩集』の各詩の末尾に記されていた作詩の日付は削除した。

志樹逸馬のノートでは旧字・旧かなが多くみられるが、未公刊詩については二冊の詩集を踏襲するかたちで新字・新かなを採用した。

呼ばれているのに聞けないでいる言葉
全部掬ったつもりの手からこぼれているもの
わたしにそそがれたもの総てが
ここに　どれだけ噛みしめられているかを見て頂き
もし　わたしの全身のどこかに
少しでも眠っている箇処があったら目覚めさせてほしい
誰の目からも　お前は　自分をよく咀嚼していると云われる姿に押しやって頂きたい
更にわたしが自分をも総てをもなつかしがるように
わたしが　自然や人間　あなた方の視線を感ずるとき
与えられた方向は決る
これを読む　あなた方のかなしみからよろこびから
はじめてあたらしく生れた友情の指さした彼方へ　共に歩みたい

志樹逸馬

島の四季

I

春

ものの芽の均しく
天を指さす季節が来た

人間だけが
暗いくらいと
地上を右往左往していた

水仙

すっかり渇ききっていたと
思っていた土から　ふいた芽が
こんな花を開きました

この静かな青空にそよぐ香りを
分ちたくて
一鉢を　おとどけします

先生　私は一度死んだ人間なのです

畑を耕《う》つ

にじみ出る汗の匂いが　なつかしく
私は懸命に鍬《くわ》をふった
死んで
どこの土になろうとも
またそこから芽生えるであろう
生命というもの
もう一人の私が停っている地上を思う
こんな天気のよい
——そよ風には唄などうたって

肥を荷ったり
力いっぱい鍬を振る

五月

青葉にめざめる
さわやかな風をすって
ぬれたおもいが
清水のような意欲を噴きあげる

鮮かなひかりが
全身にふりそそぎ
かぞえきれない

手のひらで
すくっても　すくっても
こぼれる
あゝ　五月
私も
地上に萠える生命です

芍薬 （一）

芍薬《しゃくやく》の芽がどうして紅いか
私にはわからない

初めて黒い大地を破って
ひかりを吸ったばかり
幼い唇からもれるような
かすかな歎声
私は　自らの汚れの深さに
空しいほどの距りを覚えながら

憧れのように遠く
生命のように近く
おそるおそる　みつめている

水々しい滴りを
神のおつげときくように

洗濯

洗濯は
青い空をちりばめて
黄金の瞳を泡立てる

白い旗を振って
光りの唄を歌う

洗濯は
みどりの風に微笑《わら》う

清潔なこころが
天にむかって
両手を高くのばす

汚れた哀しみが
べそをかいて
砕けてこぼれ
土にしじんでゆく

あゝまた
再び　澄んだ水となって
いつか
雨は降るか

私は　全身を
白い石鹼の泡にまみれて
洗濯をする

芍薬（二）

降る雨に
芍薬の芽が
紅い灯をともした

天の広さ
地の深さ

かなしみも　汚れも
ここにほっと一つの息吹きと燃やして

匂うのは
香ばしい大気の甘美さか
ひたすらに伸びゆく朝をみつめて
あゝ　一瞬にして永遠
わたしは幼な子のように
雨にうたれているばかり

ひかり

ひかりは溢れて
青いほど空までみなぎっていた
痺れた手ですくってもすくっても
ひかりは　いくらでも
地上に溢れていた
畑の野菜は　みどりの色をこくして
明日に　春のやってくるのを
輝く瞳に語っていた

目をつぶっていると
全身がトロトロと眠くなるほど
暖くなって
いまにも陽炎《かげろう》のようにゆれて
天に昇ってしまいそうだった

雨の降る日

私は何もしない

何もかも濡れてしまって
眠ったように
雨の唄をきいている

幸か　不幸か　わからない
白い空から
雨は　こやみなく　降って

雨だれの音だけが
しずかに扉を叩いている

露（一）

朝
馬鈴薯の葉に
——露が真珠のようにひかっている

私はそっと
節くれ曲った指で
触れてみる

あゝこの緑は

全身に沁みるようだ

露（二）

朝
縁側で白いダリヤの花を
一枝もらった

数えきれないほどの
雨の滴りが
いっぱい光っている

淡いみどり色の

小さなくもがとまっている
葉の裏に
あずきほどのかたつむりが
じっとしている

そっとみていると
まだまだ私の知らない世界が
いくつも
かくされていそうだ

夜光虫

暗くならなければ
お前は
光らないのか
夜光虫よ

自らの
生命をかけた仕事を
いとおしむように
眼をふさいだ心の中に

暗くならなければ
光らない
お前の姿を見る

菊の花

しびれ　ひび割れた手に
菊の一枝をつかみ
瞳を細めた二人は
秋の香りを
胸いっぱいに吸いこんだ

病室の片隅
あなたは　胸を病み
私は手・足を死の色にしびれさせて

暗い魔の影に向きあっているが
黄色い菊の香りは、
二人の胸に
つきせぬ泉のように
たち昇っている

紅葉

今年は台風が吹かなかったので
丘の桜の並木に
神さまが
秋の光を
ふりかけ、ふりかけ
紅い衣を着せかけている

こうばしい匂いが
天に昇るので

空が青い

落葉

病み老いて
垣根にひっかかっている
落葉の
紅く燃えている
かぐわしい　悲しみのように
そこに
影のように　うずくまっている
私をさがして
もうひとりの　私が

いる

青空

青空には
永遠につらなる人間の生命のつぶやきがある

じっと見ていると
それはしずかな輝きを増してくる
——果しない深みの中に
人間の汗や　よろめきや　悶えが
みんなここで　濾過されて
澄んだほほえみや　涙になってかえってくるような気がする

多くの人の希いも　手と手を握る温味《ぬくみ》も
青空は　いつも見ていてくれる

天はまねき　地はささえる
生きとし　生けるものを
私の十字架も
青空の瞳の中にかかっている

秋の水

秋の水は冷たい
青い空を透かして流れるからなのか

私のこころにしみるもの
お前は　そんなに哀しいか

天地のひかりに揺れて
生きているのか
遅々と

小石を洗う痛みを奏《かな》でて
自らの冷たさに
ふるえて光る

夕焼け

友よ　まあ
来て　眺めるがいゝ

夕焼け空の美しさ

私の
この生き甲斐《かい》は
誰もが仰ぐ
光りなのだ

夕映え

夕映えの空に
うすもも色の雲は
じっと動こうともしない

ああだのに
もう……
山も　海も　人家も　樹木も
いつしか
うす暗い暮色の中に

沈んでいこうとする

夕映えよ
あした　またあした
いいえ
――これからさき
私がどのような環境におかれ
孤独と病苦に
汚れた体を
暗いベッドにすがらせるときも
きっと
この美しい素顔を見せておくれ

しずかな入江の桟橋にたって
私は
いつまでも生きていたいと思う

秋の畑

草は
肉体のよごれや
こころの垢が好きらしい
私の汗を流した畑には
草ばかりが生える

それでも　私は土まみれ
荒れた畑を耕《う》ち
種子をまき

培《つちか》わずにはいられない

草ばかり生える
私の畑ではあるけれど
私を知ってくれるものは
この畑よりないのだから

冬の海

冬の海
凍えもせずに吼《ほ》えている
昨日も
今日も
春風に吹きさらされて

光る海
刃のような　冷たさがまぶしい
かなしみも

汚れも　砕いて
海底にしずめて

冬の海
生きているから
吼えている

みかん

熱に渇いた咽喉《のど》に
妻の買ってきてくれたみかんは
私の胸に
水を溶かすように
吸いこまれていった

碧い空に
陽にみがかれ
枝もたわわに

みどりの葉影に戻った
この　みかん

凍土

二月の畑に出て
こちこちの凍土を耕《たが》やす
しびれかじかんだ手で
固い土塊《つちくれ》を砕く

やがて
かたくななかなしみが
春の暖かい水にほぐされて溶け

新らしい芽が
この胸に再生《よみが》える日を願いながら

種子

ひとにぎりの土さえあれば
生命はどこからでも芽を吹いた

かなしみの病床にも
よろこびの花畑にも
こぼれ落ちたところが故里《ふるさと》

種子は
天地の約束された言葉の中に

ただみのる

汗や疲れを懐しがらせるものよ
夢
黒土の汚れ
生きてさえおれば
花ひらく憧れをこそ持ってくる

切株

わたしは松の切株の腐ったものや落葉を畑にうずめながら
その昔　緑を繁らせていたであろう日のことを思っていた

こうして土となり肥となり
己れにかわる生命を育てるという
甘酢っぱい匂いの中にある永遠の言葉を

ことしは庭に

ことしは　庭に
菜の花を　たくさんさかせ
蝶《ちょう》を　遊ばせよう
青空の下
風に流れるようなおもいを
詩につづろう

II

肉体と心

落ちてゆく私と
飛翔してゆく私と
ああ　この私は一つの体であるというのに

癩者

誰が　俺に怪異の面を烙印したのだ
碧天の風を吸って　腐臭を吐き
黄金の実を喰って
濃汁《うみ》の足跡を踏む

よろめき　まろび
指を失った掌にも
土塊は砕け
何故　花は開くか

捨てられた水を呑んで生き
そそがれる光に
描くは　紫の浮腫《ふしゅ》　斑紋《はんもん》

己を憎み
人を恋い
闇の彼方に
天を憧れる　無性の渇き
ああ　非情の石よ
己が掌を微塵に砕け
悪魔よ　ほくそえめ

除けものにされれば　されるほど
自らを知る性

俺は　誰に
生きる表情を向けたらいいのだ。

（二十八年間）

二十八年間
私はここで何をしていたというのだろう

あの日　私は中学制服に鞄一つさげて
ハンセン氏病療園に入った

盲目の人　全身腫物に爛《ただ》れた人
ゆがんだ鼻
一つ鍋をかこんだ軽症な友人

松林の蔭での読書
耕せば
陽光と影は私によりそって揺れ
緑も萌えた

友の多くを失い
私は病み衰えた
だが　渇きに飲む水は甘く
妻は側らにあった

私は一層　前かがみになり
短くなった指で　草をむしった
畑からころがり出てくる馬鈴薯に微笑んだ

生命へのいとしさをまし
友への懐しさをつのらせた

——空は一つの尾根であった
光は一つの形を生む力であった
空気は一つのことばであった

唯みずからの生活を咀嚼するしか
すべての問にこたえる途はなく
このありのままの姿こそ　その応答に等しいのだ

あの日の涙をとかした風が
今も　この地上に立っている私の周辺に吹いていた

鍵

苦しい時には
苦しんだがいい

悲しい時には
悲しんだがいい

　というのことばが
何時か　私を解放する
唯一の鍵になっていた

（俺だけが）

俺だけが
一つの星を眺めて
深い谷底に
生きているのだ

誰かが
そう言って　死んで　逝った

闘病記

闇をまさぐり
痺れたる掌の
骨髄に痛み響かせ
鈍き音を追う血管

いたわりの言葉むさぼり
仰ぐ
存在の足音

（人に遇えば）

人に遇えば
人にとらわれ
花を作れば
花にとらわれ
　わたしは常にしどろもどろだ
疲れるばかり

手は
草をみつけるとむしり
疲れて
ますます自分をわからなくする

山や野を歩むと
誰もが友だちのように
思えてくる
　わたしという人間は
掃いて捨てたほうがましかもしれない

（わたしは近頃）

わたしは近頃
自然の風物が懐しくてならないのです

山と海と
草木の緑と　ゆきづりの人の姿にさえ
すべてが
はじめてあったなつかしさで
わたしを迎え
もう……

——別れ去る　哀しみの手を振っているのに
わたしは
涙ぐんでしまうのです

今日あって
明日を知らぬ
この果しない青空の深みへ
吸いこまれそうな　空しさを
覚えるのです

痴呆の如く

こんなに
青い空の光りを食べているのに
どうして
私の肉体は
日日　朽木の如く　病み崩れてゆくのか

こんなに
菊の花の冷たい香りを　胸一杯吸いながら
どうして

手足はしびれを増し
うっ血に呆け
私は　石の如くうずくまろうとするのか

ハンセン氏病者のねがい

わたしは
わたしに与えられている生命を
この手で使いたい
自分で　生きているしるしにふれたい

この指はしびれ曲っているけれど
まさぐらねばならない
どこにもない
この中から生まれてくる

——願いを
　信仰を
　　よろこびを

わたしのすべてである平和を
たしかめたい

世界の耳と口と目をもつ
こんな小さな　わたしのために

(病に)

病に
喘ぎ
うずくまる
この日の
せめて　生命の息ずきを
私は
一粒の種子を落して
病み喘ぎ
うずくまる

いきずく生命のたまゆらを
せめて
私は　一粒の花の種をまこう
この日の生活を
土にしるそう

私は一粒の種子を落す
病み　喘ぎ
うずくまり
なお　息ずいている
私にも
この日の生活はあるのだ

園長さん

あなたは
かがみかけた腰を四角ばらせて
ガクガクと歩まれる
友が　義足を軌《きし》ませてゆくように

あなたは
よく怒り　よく泣き　よく笑う

どの道を選んだら楽に生活できるかなどと

考えている暇はないと
既に　心に決められた一条
唯　前に進み　ひるむところがない
あたかも
百年先　千年先ばかりを凝視しているように

指が曲っても
食物を掻きよせるだけの動物になるな
人間の魂を開墾する鍬を握れ
心の手は使えばのびる　と

あなたは
若い時から病者と共に

みずからも汗や泥にまみれることを
尊んだ

働くということが
ものを新らしく生む
分ちあえた苦労が
より大きな世界の明るさとして
病む身ながら
共にほほえむ　互いのための
住みよい里を創るよろこび
わたしたちは　それを
病苦や境遇をはるかに越えた
光としてはぐくみ育てることを覚えた

そこで初めて与えられているものの
価値が見わけられるようになった
生きているということが肯定され
汚れた身にも生活の味わいが
あることを知った

いつか癩園四十余年……
早いものだ

今　あなたは
リューマチで手足がしびれ
頭髪も白くなられた
全身をゆすぶって歩む

いっそう熱いものをこぼしながら
静かなほほえみのうちに
癩者のかなしみをつき破る
永遠にたゆまない若者の力をひめて

とりあえず

看護婦さんありがとう
先生ありがとう
僕はあなたたちに対して
報恩のすべを知らないことを
かなしむ

頭が重く　体が疲れてくると
僕はもう　いつこのまま
ペンをもてなくなってしまうのではないかとの不安にかられ

ひとり寂しくなる

いつか良い詩に
この報恩の気持を書きあらわしたいと思っているが　中々まとまらない
でとりあえず
僕は　ありがとう
こう書いて　ひとり慰める

（私は鉦を叩く）

私は
私の鉦《かね》を叩く　鉦叩き

ちっぽけな生命だが
天地にひびく
このかなしみを
知らないか

土の中では　土の唄

草の中では　草の唄

私は
私を知っている
　たった一人の鉦叩き

わたし

これだけでしかない　わたし
上から見ても
下から見ても
唯　おのずから在り得べくして
あるがままに
このわたしでなければならない　わたし

どこにも無い　一つのもの
淋しそうだが

又　いばってもいる
――求めている　ことばにしたがい
――呼んでいる　声に　まねかれ
この瞬間を呼吸している　わたしの平安
なには　ともあれ
鞭うってやれるのは　わたしだけ

生

生はいつも
はじけている　砕けている　転がっている
生はいつも
まっしぐらに進んでいる

涙があり　笑いがある
しかし人は
そこに留まっていることをゆるされない

呼吸はいつも
足音のように胸のうちでなり
風はいつも
生を洗いたててやまない

人が　ひっくりかえろうと　つまずこうと
前へ押し出されてしまうのだ

（大空を仰ぐとき）

大空を仰ぐとき
地にある万人の瞳を感じます

風のそよぎにふれるとき
万人のささやきを聞きます

水をのむとき
万人と共に生きていることを
味わいます

(苦しみを踏み台として)

苦しみを踏み台として
生きているもう一人の私がいる

病のため手足の力を失って
はれ　ただれ
紫に変色した肉体をかかえて
重たい頭に
呆ける思念にいらだちながらも

はるかに宿命の暗雲のかなた
青空に愛をはばたかせてる
つばさがある

芋虫にも似たかの
ころころとのたうつ
ふがいない生営《いとなみ》ではありながらも
天地を映すガラスでない瞳の深さ
ああ
この癩の苦しみをむさぼらなければ
生きないもう一人の私よ

妻の

梅の花の香りにも似て
明るく澄んだほほえみも
黒い土から延びてくる
みどりの清らかさ

曲った手で

曲った手で　水をすくう
こぼれても　こぼれても
みたされる水の
はげしさに
いつも　なみなみと
生命の水は手の中にある
指は曲っていても
天をさすには少しの不自由も感じない

まよっても

まよっても
人は
神にかえる

神

人が求めるから神があるのではない
求めることを知らないものにも神はある

神さまわたしを

神さま
わたしを捨てないでください
わたしは
この地上に四十一年を過しております
もうあとわずかで終りです
どうかしっかりわたしをとらえていてください

すべて神様に

わたしは　すべて　神様におまかせする
すべては神様のもの
わたしのすべては
神様からのあずかりもの
わたしは神様の召し使いにすぎない
わたしは　何もしらない
自分勝手な生き方をしないように
注意しなければならない

教会への道

わたしは　教会への道をたどる
海から風が吹き　波が光っている

神について
考えながらあゆむ
日に見えない　杖《つえ》にふれる世界を
実在として体験したいというか

もう先に来て　祈っている人がある
わたしもすわって　聖書をひらく
という風に

（私は神に祈る）

私は神に祈る
良心の中心を流れる
真直な道が　信仰の歩みを知り
神の力にふれて輝き
暖く　愛の心となって
燃えることを

志樹逸馬詩集

生命

生命はわたしのもの
はるかに仰ぐもよし　しみじみと足もとの土にまさぐるもよし
神は貧しき現実を愛したもう
暗くさびしき人は
光と暖かきいぶきとを求めて　天を仰ぐ
人　いずこよりか来たり　いずこへか去る
神のみが知りたもう

生命あるものは

生命あるものは
死ぬ

もっと神を深く
知ることで
晩年を安らかに
生きたい　と
思う

すべて神様に

わたしは　すべて　神様におまかせする　すべては神様のもの
わたしのすべては　神様からのあずかりもの
わたしは神様の召し使いにすぎない
わたしは　何もしらない
自分勝手な生き方をしないように　注意しなければならない

懸命に

懸命に　かみしめなければ
そこには　何の味もない　生命もない
冷たい麦飯
——これよりほかに　食べるものはない

山上の垂訓

ここには
人間の生きる道と
誠と
生命とが
清らかに
あふれている

友を愛することを

友を愛することを人生のよろこびとし慰めとする生き方にはげむようにならねば
自分はいつまでも救われないだろう

頭のはたらきがにぶく人並に対話できないのがさびしい

ここでは
くやしいとか努力によってとかの方法はやくにたたない
ただ　飄々《ひょうひょう》と呆《ほう》けくらすより　道はない

できるだけ人に世話かけないように不快を与えぬように

みずから気持を明るくひきたてるよう
つとめることが
わたしの使命だと思う

ひとり部屋に

ひとり　部屋《へや》に
目をつむると
陽《ひ》のひかり
明るい
障子に
空をゆく雲の
かげりの
おもしろさ

ことしは庭に

ことしは　庭に　菜の花を　たくさんさかせ
蝶《ちょう》を　遊ばせよう
青空の下　風に流れるようなおもいを　詩につづろう

秋の小川

小川の水は
なぜか　哀《かな》しいほど
わたしの手にしみる

おまえは青空を透《す》かして流れるからなのか
固《かた》い小石に研《みが》かれるからなのか

物象のかげ映《うつ》ろうままに
天地のひかりには揺れるがままに

せんせんと砕け
歌って生きる
秋の小川よ

冷たさに
おのずから澄むは水のこころ

妻のこと

日ごとに病いの重って手足の不自由なわたしは
寝床の上げおろし　シャツのボタンかけ　外傷のホータイ巻きかえ　と
なにひとつ妻の手をわずらわさぬものはなく
おかげで生かされているようなものだ
たえず熱に呆《ほう》けてとまどうことの多いわたしに
神の実在感を指ざさせる

もめんのズボンをはき　こんがすりのうわぎを着て
親しく隣人につかえ

いつも　天を仰ぎ
心明るく　ひとすじに歩んで動揺がない

朝

露にぬれた朝の畑に下り
わたしは——

若菜の色が全身に沁《し》むようなすがしさに
わたしの日ごろの鬱積《うっせき》もいつか流されていった

わたしはそのまま畑にしゃがみこむと
混《こ》んでいるところから緑を間びいた

――たくましい食慾が………
急に新しい血を流しはじめたように
わたしは盛り上ってくる生命の躍動をおぼえた
こぼれる露に光るもの　清らかなまなざしに
祈りたいようななつかしさがわいてくるのだった

園長さん

あなたは
かがみかけた腰を四角ばらせてガクガクと歩まれる
友が義足をきしませてゆくように

あなたは
よく怒り　よく泣き　よく笑う
どの道をえらんだら楽に生活できるかなどと考えている暇はないと
すでに心にきめられた一条
ただ　前に進み　ひるむところがない

あたかも
百年さき千年さきばかりをみつめているように

指が曲っても
食物をかきよせるだけの動物になるな
人間の魂を開墾する鍬《くわ》をにぎれ
心の手は使えば延びる　と
あなたは若い時から病者とともにみずからも
汗やどろにまみれることをとうとんだ

働くということが
ものをあたらしく生む
分ちあった苦労が

より大きな世界の明るさとして
病む身ながらともにほおえむ互のための住みよい里をつくるよろこび
わたくしたちはそれを
病苦や境遇をはるかに越えたひかりとして
はぐくみ育てることを覚えた
そこで初めて与えられているものの価値が見わけられるようになった
――生きていることが肯定され汚れた身にも有のあることを知った

いつかライ園も四十余年
早いものだ

今　あなたは
リョーマチで手足がしびれ

頭髪も白くなられた
全身をゆすぶって歩む
いっそう熱いものをこぼしながら
しずかなほおえみのうちにライ者たちのかなしみをつき破る……
永遠にたゆまない若者の力を秘めて

種子

ひとにぎりの土さえあれば
生命はどこからでも芽を吹いた

かなしみの病床でも
よろこびの花畑でも
こぼれ落ちたところがふるさと

種子は
天地の約束されたことばの中に

ただ　みのる

汗や疲れをなつかしがらせるものよ
夢
黒土の汚れ
生きてさえおれば
花ひらく憧《あこが》れをこそ持って来る

闇

闇《やみ》の中にも目をひらいていたいと思う
人はたいてい
目をつむる
眠る

だが
このしずけさの中にこそある
闇の声に
わたしは耳をすましたい

石ころ

たたけば
この手から血を流させる
石ころだ

じっと見ておれば
動かない
よう何もしない
かわいそうにもなる
石ころだ

黒人霊歌

この美しい歌が生れるために
多くの　悪徳と　汚辱が　あった
何もなかったほうが　ほんとにましだ

わたしの存在が

わたしの存在が　いかに小さくとも
すべてであってひとつであるもののために　ムダでなかったとの証言を
人類の歴史に刻まれてゆく　という約束を
ただ　このわたしを忠実に見守ることで　しめしたい

花のことば

わたしは花のことばをききたい
目をつむっても
実在するもののことばを

おまえを見つけたから
わたしはわたしを意識できるのか

わたしひとりを残して
生きもののすべてが死んでしまっても

わたしはわたしを意識できるであろうか

とにかく
花は花であればよく
わたしはわたしであればいいのだ

わたしがなにも考えなくても　わたしがいなくても
ただ花があればよい

花に
たれかが息を吹きこんでいるような気がする

灌木の花かげに

白くこまかい花が　雪のように　咲き乱れている
灌木《かんぼく》のしげみに　ぷんぷん　匂いを発散している
虫がいっぱい群れている
さも忙しそうに　蜜《みつ》を吸っている
白い蝶《ちょう》　黄色い蝶　こうしじまの蝶　黒い蝶
褐色《かっしょく》の蝶　灰色の蝶　すきとおる黒い尾羽をもった蝶
大きい蝶　小さい蝶
黒く大きく丸い蜂《はち》　小さい蜂
長い蜂　しま模様の蜂　中くらいの蜂

青い黄金虫　黒い黄金虫
まあなんと　いろんな虫が集っていることだろう
美しい花から花をまわって　蜜を吸う生活
争いは少しもみられない
花がたくさんあるから　そんな必要もないのだ
それにしても
なんと　たれの好みにもかなう味を
この花は　もっていることだろう
時は６月　午前９時
虫たちは　花のかおりが噴《ふ》きあげる　生命のしぶきだ
絶えず生れては花にかえる　幼いたわむれの天国のこどもだ
こんな世界を創《つく》る
花に　わたしはなりたい

わたしは　外から見ているが　もうひとりのわたしは
この花の陰で　虫たちと同じように　飛びまわっている
虫たちは
いろんな形や色はしているが
生きて　楽しく　飛んでいる羽ばたきはみな同じだ
自然の生んだこどもだ
だれも理屈をいわない
真　善　美　がととのえられて
みんな互に自由を尊重しあえている　うれしい姿だ
10時ごろ　すでに満腹した虫たちはどこかへいって
花のまわりは　すこし　かんさんになった

創造

まさぐり得ただけ　描かれ　創《つく》られてゆく
生命の鼓動がうたう本質

すこやかなおまえは　空気のように
すべてにこたえると同じように
わたしの象《かたち》をきめる

限界は死である　ぬけがらである
歴史はこれを記録するが

生命はいつもはじけている　始まっている
呼びかうことによってほおえみは生れる

ソ連も　アメリカも　中国も　インドも　日本も
それぞれ　自分だけはわかったといいえても
世界を生かすひとつのことばに答えるものとは
断言できない

天と地の間　すべての中は　まさぐり
内から示されてくる　主人公にのみ
わたしたちは　自由な
驚きの目をみはることができるのだ

十五夜

微熱あり早く床につく

燈《ひ》を消して　屋根をとりはらい
この床に横たわったまま
そっと野の中におかれたく思う
屋外では虫がしきりに鳴いている
微熱があるので散歩にでることができない

廊下までいざって出ると
軒さきの　さくらのこずえをすかして
キラリと光る

大空は　ウロコのように白い雲が　いっぱい
やっと月は十五夜の月をのぞかせてくれた
が
寝床の中へすぐもどる

こんな晩　ただひとり
虫の声をききながら
おのずから噴《ふ》き出るおもいにひたりたい

電燈を消して　しずかにしていると
この気持を書きとめておきたくなった
燈《ひ》をつける
なにもかもくずれてしまう
また外がなつかしく
廊下に出てみると　曇ってしまった雲の影
せっかく楽しもうと思った月の夜も　これではさっぱり

だれにも顧みられない

だれにも顧みられない　暗いベッドのかげをのぞき
横たわる友の手の冷たさを　つかまねばならぬ
生きているこの体験に　みずからの本質をさぐらねばならぬ
黙っているときにたくわえられる　圧縮される生命を
愛さねばならぬ
聖書によって洗われたわたしが　どのような姿で
これからの社会に表現できるか
それはだれも知らない
ただぶつかって聞けることばが　それを教えてくれる

この勇気をあたえてくれるものは神だ
求めるわたしの　純粋さだ

土壌

わたしは耕す
世界の足音が響くこの土を
全身を一枚の落ち葉のようにふるわせ　沈め
あすの土壌《どじょう》に芽ばえるであろう生命のことばに渇《かわ》く
だれもが求め　まく種子から
緑のかおりと　収穫が
原因と結果とをひとつの線にむすぶもの
まさぐって流す汗が　ただいとしい

原爆の死を　骸骨の冷たさを
血のしずくを　幾億の人間の
人種や　国境を　ここに砕いて
かなしみを腐敗させてゆく

わたしは
おろおろと　しびれた手で　足もとの土を耕す
どろにまみれる　いつか暗さの中にも延してくる根に
すべての母体である　この土壌に
ただ　耳をかたむける

教会への道

わたしは　教会への道をたどる
海から風が吹き　波が光っている

神について
考えながらあゆむ
目に見えない　杖《つえ》にふれる世界を
実在として体験したいというか

もう先に来て　祈っている人がある
わたしもすわって　聖書をひらく
という風に

芍薬の赤い芽が

芍薬《しゃくやく》の赤い芽が　のび上って　ひかりを吸いたがり
ぼたんが　おおいの炭だわらを被って　青葉をのぞかせる
春は　はちきれる力を　生命のことばで表現する

わたしも　ともに　歓声をあげる

聖霊

わが古き人が　イエス様を十字架に　つけたようなものであった
神は　わが罪（あらゆる不信仰）のために　おんひとり子を十字架につけ　わたしに
　潔《きよ》めの救いを与えてくださった
神のみめぐみ　イエス様のおんくるしみを　ムダにしてはならない
――それはただ　聖霊のはたらきにしたがうことによってできる
聖霊の鳩はやさしい　平和そのものだ
けっして　さからったり　争ったりはしないから　大切に守らないと飛び去ってしま
　う
聖霊を消すな　燈《ひ》は高いところにかかげて　あたりを照らさせなければいけない

便所の電燈が昼ともっているのをみつけたとき
ハタと心に映じたこと

消し忘れられている燈《ひ》のあわれさ
燈をつけていなければと　一心におもっているが
その燈は　いま　なんの役もしていない
消されてはじめて
昼の世界はこんなに明るかったと
さとることができる

自然

ひとり　午後　九反田へ

カワズがたくさんないて
つつじの花がさいて
若芽の匂《にお》いが　微風に流れて
びっしょり　汗かいて
山の上で　うぐいすの声ききながら
ひと休み

うぐいすよ　わたしが来てるのを　知ってか知らずか深い谷から

あふれた声は　天にまで　遠い山こえて　流れてゆく

曲った手で

曲った手で　水をすくう
こぼれても　こぼれても　みたされる水の
はげしさに
いつも　なみなみと　生命の水は手の中にある
指は曲っていても
天をさすには少しの不自由も感じない

まよっても

まよっても
人は
神にかえる

花

庭さきの花は
天と地をつなぐ
自然の微笑

旅人

きょうかたわらにいた人とあすは十里を離れ
きのうまで山ひとつ間にしていた人と夕べにはあう

わたしはなつかしくてならない
すべての人がいつも遠くて　また近いような気がする

わたしは　すべての人の中にわたしの分身を感じる
よんでも　その分身がこたえてくれない時は
わたし自身がわたしにとって遠いものと思われてくる

わたしの分身
それは　ふるさとであり　童心であり
平和であり　さびしさである

わたしは未完成だから
また　あなたの分身をわたしの中に感じるので
わたしは旅人として歩みを休めることができない

朝

海辺の芝草をサクサク踏んで
たれにも気づかれず
朝はやく　露にぬれたなぎさに　近よる

自然が　たれにも　見られているという
意識をもたない
静かなすがたでいるところを
そっと　足音をしのばせて
近よって

ながめたい　ながめる

わたしは　この時　とてもうれしい
美しい
なつかしい
幸福だとおもう

わたしも
この世界にふさわしいものとして
ひとつの位置のあることを　感じる

ライ者のねがい

世界じゅうの人が……だれが……
そんな指の曲った手なんか　しびれた足なんか　切り捨ててしまえと　どんなに言ったって
――この手を使わずに
　この足で歩かずに
どこに　わたしの生きる道があろう

それより　なぜ
四肢《しし》健全なあなたたちは　水爆や砲弾をつくり　不具者を増すことをやめないので

しょう
かつては　天刑とよばれ　不治の病といわれた　わたしたちライ者も
いまは　プロミン薬による回復治療によって　汚れた血液を洗われ
白衣の少女によって巻かれるホータイのあたたかみによってしずかな微笑を禁じえな
いでいるのに……

やめてください
ひとつの天　ひとつの地
ひかりと水と空気とにつながる
この呼吸に結ばれた人間の生命の中で
にくみあうことは

世界に……だれが

何を不必要だと言い切ることができましょう

神

人が求めるから神があるのではない
求めることを知らないものにも神はある

静けさの中に　わたしは

静けさの中に　わたしは
生れる
へやがひらかれる
言語が出かけてくる
静けさの中に　わたしは
生命を見つける
象《かたち》をきめる

静けさの中に　わたしは
時間を越える　位置を越える
無限の花を咲かせる
どこまでも歩いてゆく

静けさの中に　わたしは
はじめて　ほおえみ
終りを　眠る

燈

地上
どこにも
特別に大きなローソクというものはない

だのに
かの燈《ひ》を見ようという
各自が同じ生命をもちながら
燃やさないで周囲を暗くしていることをこそ
悲しむべきだ

窓をあけよ

自分だけのへやに閉じこもっていた人は
窓をあけたとき
外から吹いて来る風に　きっと
痛みを覚えるだろう

しかし
その驚きは　瞬間に　明るさにかわる

次第に　カビくさい因習や

じめじめしけた　ひとりよがりの欺瞞《ぎまん》が
ぬぐわれてゆき
外の広い世界のだれとでも
友だちになれるのだから

わたしの世界

窓があるから
ベッドにいても空が見える
窓の外には草の生えている大地がある
戸だなには本立がついていて
いつも話相手になることを待っている
食器と
ひと枝の花と
体温を計りにくる看護婦さんと
食事を運んでくれる助手さんと

日に1度はかならずたずねてくれる妻と
卓上のオモチャの小犬と
ここにある
わたしの1日
どんな病にかかっても
ひかりのそそぐ窓があり
ベッドをささえる大地があれば
草木のにおう風が吹き
人を恋いうる場所があれば
そこは
わたしのすまいとして足りるのだ

てがみ

てがみを書こう
ベッドに寝ていてもペンは持てるのだ

神さまへ
妻へ　友人へ　野の花へ
空の雲へ
庭の草木へ　そよ風へ
へやに留守をしている　オモチャの小犬へ
山へ　海へ

医師や　看護婦さんへ
名も知らぬ人へ
小石へ

ペンをもってじっと考えると
忘られていたものがよみがえってくる
とても親しいと思っていた人が意外に遠く
この地球の裏側にいる人々がかえって近く
自分と切りはなせない存在であったと
気づいたりする

こうして　病室に入り
すべての人から遠ざかった位置におかれてみて

人は　はじめて　ほんとうのてがみが書けるようになる

涙

涙を拭くな　流れるにまかせよ
透明な冷たさをこそわたしは愛する

わたしはこんな詩が書きたい

白いページをめくれば話しかけてくる
実在のことば
親しく　目の前に生きて
あたたかくにおう詩を書きたい
読む人に身近な置物のように
青空のように
草におきこずえにしたたる露のように
涼しいせせらぎのように
父母のように

夫婦のように
兄弟姉妹のように
ふんわりふくれて香ばしいパンのように
涙の詩を
笑いの詩を
ねむりの詩を
手にとって食べられる詩を
生命に酔える詩を
あなたがひとり散歩に出かけるとき
ポケットにすべりこませてゆける詩を
病床で口ずさめる詩を
石を割りつつうたえる詩を
あまり身近なので　読む人が

活字やインクのへだてを忘れ
空気のように呼吸し
血となり肉となり
生きる力となり
死のまぎわに　ふと魂によびかけて
やさしく見送る
詩を書きたい

そんな詩集を　ひとりでも多くの人に　とどけたい

こども

こどもが駆けてくる
どしんとわたしにぶつかる
大声をあげる
瞳に　天地の緑や赤が無限の水玉とはじけている

キャッ　キャッ　笑う
泣く　わめく
とんぼがえりをする
駆けて去るこども

駆けて来るこども
地上はいま生れたばかりのこどもで一杯だ

人はだれでも

人はだれでも死んで土になる
汗を流して育てた緑の草木を食べて生きてゆく
この自然の中でわたしたちはいつもひとつだ
この交わりによって血の色はひとつとなり
ここからひとつのことばが見出される

おれは近ごろ

おれは近ごろもう死んでしまってもいいナ　とよく思う。いざという時には死ねるんだ、人間であればだれにも死はきっとやって来るんだ、と思うと安心できた。

それでいて、死がおそろしいのだが、死をおそれなければならぬ理由さえ、考えるのに疲れた。

生きていて、あすに何があるのだろうかと思った。もうじき夏が来て暑くなればスイカが食べられるのだ。アイスクリームはおいしいだろうな、その時おれはきっと、生きている喜びを味わうに違いない。お菓子の配給日が楽しみだ。ということばか

りが、頭に浮んで来るのだ。

こんな泡沫《ほうまつ》にひとしい、くりかえされては消えてゆくことがらが第一で、どうして、
あすがきのうに同じなのだと言わずにおれよう。

なんども何かにしがみつき、力いっぱいゆすぶり、穴があくほどみつめつづけたが、
そこにはおれの白く疲れた瞳孔《どうこう》が、影をうつしているだけだ。

夜はじゅうぶん、床に休み、昼もまた眠り、眠るのを仕事のように思われても致し方
のない日々を、つとめ、体力の回復をねがっての努力の結果が、そうなんだ。

だから、治代から見れば、何も問題のない1片のお菓子が、おれにとっては熟考を要
することなので、自分ながらあきれはてるのだが、どうにもならない。

しかし、この愚かな自分が、こうした生き方をするために、どんなに、天地自然、妻や友人などの、ささえが多く支払われていることか。

主体が客体よりおとるということは変だが、だが、この場合だけはそうなのだ。

心すまして

しずかにして　この上ない平安を
無心に味わっておれるのは
みな　治代が世話してくれるからなんだと
いま　あらためて　気づいた

汗びっしょりかいて　いい気持になる
とはいうものの
センタクしてくれるひとがあればこそ
汗を流すもよしと　のんきに言えるわけだ

心しずかに　湖のごとく澄ましうるとき
木陰ではなく　妻のいたわりが
ほほえみ　映るのだ

衣食住の労なく
病だけに　とりくめること
それ以上を望むことは
だれにも　できはしない

毎日刻々

毎日刻々
おれから何かがハガレてゆく
四十年汗を流してたがやし育て
この身につけたと思っていた
それらがまるで松の皮でも落すように
けずりとられてゆく
血となり肉となったと思うのはまちがいで
おれはもう何も持てないはだかなんだ
このからだのどこにひそんでいた汚れやチリなのか

消化しきっていたはずのものがことごとく
古びた廃品の役立たずになってしまっているのだ
大切にしていたもの
美しいと身につけていたもの
力だと思っていたもの
みなウロコをはぐように
このからだからハガレ落ちてくる
何もないと思うさびしさの中から
あとからあとから
毎日のように　ハガサレル　ハガレル　ハガレテユク

もっとハガシテくれ

丘の上には

丘の上には
松があり　梅があり　山桃があり　桜があり
木はまだ若く　背たけも短いが
互に陰をつくり　花のかおりを分ち
アラシのときは寄りそいあって生きている

ここは瀬戸内海の小さな島
だが丘の頂から見る空のかなたは果しなく
風は

南から　北から　東から　西から
さまざまな果実の熟《う》れたにおい　萌《も》えさかる新芽や
青いトゲのある木　花のことば　を運んで吹いてくる

それは　おおらかな混声合唱となって丘の木々にふるえ
天と地の間
すべては　光　空気　水　によって　ひとつに
つながることを教える

風はあとからあとから吹いて来る
雲の日　雨の日　炎天の日がある
みんなこの中で渇《かわ》き　求めているのだ
木はゆれながら考えている

やがて　ここに　大きな森ができるだろう
花や果実をいっぱいみのらせ
世界中の鳥や蝶《ちょう》が行きかい
朝ごとににぎやかな歌声で目覚めるだろう

わたしの小さい手に

わたしの小さい手に
世界の大きい手の
そえられていることを
感じる

世界を見れば
わたしがどのように
つくりかえられてゆくかを
感じる

わたしを見ればわたしが
世界を見れば世界が
わかってくるように
思える

死の床に

近ごろ、自分が死ぬ時、語りかけてもらいたいことばを、よく考え、文章につづっておけないものかなァ、と思う。

何も心配することはない
おまえは自分の責任をじゅうぶんはたしたのだ
死んでからさきは神様の仕事なのだ
すべてをまかせるがよい
おまえが懸命に生きたように
そのバトンは大切にうけつがれるのだ
おまえはできるだけのことをやった
神様もできるだけのことをしてくださるのだ

最善から最善にうけつがれるのだ
おまえの願いにまさるものを与えうる
神の力を信ずることはいかに幸せなことだ

なにもしなくても

朝食後　窓ぎわに机を出し　横になってしばらく無心に休息する食べたものが胃から
腸へ移行しやすい姿勢なので　全身が楽だ
きょうは治療もやめて　なにもせずじっとしていたいまま　へやに　ひとり　しずか
に心に浮かぶ思いを味わう
なにもしなくてもいいのだ　このことが　おれにとって唯一の自由だし　気ままに欲
する方向へ歩むのが　もっともよく　おれを育てる道だと思う

机の上に「口語聖書」「アガペーとエロス」「わが谷は緑なりき」をおき　これを今すぐ手にとって読めるのだと思うと　心がのびのびする

きのうは　聖書を読めなかったことが　残念であり　さびしかったが　きょうは　この読みたい本三冊とも　いつでも読めるのだ

おれはからだが弱いから　できる範囲に限りがある　第一に休息そして一つか二つだけ　必要なものを選んで生きればいいのだ

成長

生は
悲しみにしろ　喜びにしろ　それを知るということ
死を知るということだ

人間が真実におのれを学びえたら
それは　成長をもって　こたえられ
この地上に生きたことのしるしになるのだ

わたしはいま

つるみさんに

わたしは　いま
自分の生をじゅうぶんに学びえたら
死もまた　誕生と同じように
美しいもの　とよろこべるはずだ
と思いはじめています

空気や　水や　花のように
日々の生活に　真実を盛り
血となり肉となる思想を
つちかいたいのです

草をむしりながら

みな
この空の下で
汗を流している
土のにおいをかいでいる
風に揺れて生きている

光を浴び
雨にうたれ
黒人も　白人も　黄色人も

この渇《かわ》きの中に求めている
この足音にはひとつのことばがある

畑から
ころがり出てきた
大きなジャガイモの味には
人類のよび声がある

死について

人は生れた時のように死んでゆく
地上へのプラスはマイナスへの前提
よく熟《う》れて落ちる果実は枝から離れる痛みを
知らないであろうように
人もその交替の時期をいさぎよく迎えるべきか

きょう　ここに汗を流して
地の糧《かて》を吸いあげ
天の光を身にまとい

互に隣人との交流をなごやかにして
ひとしく血液の循環をよくしたいものだ

死の花びらが散るとき
おのずとうちによみがえるもの
その日だけが知っている不思議を盛る
この一瞬をいとしもう

前に歩くこと

前に歩くこと

交替でなく
比較でなく
訣別《けつべつ》でなく

神さまわたしを

神さま　わたしを捨てないでください
わたしは　この地上に41年を過しております
もうあとわずかで終りです
どうかしっかりわたしをとらえていてください

手風琴

どうして　こんな音色を出すか
うたわなければならないか
語ろうとしているか
が　わかったとき
わたしの手風琴は鳴らなくなってしまった

創ろうとして　出来ない風を　さがしに
わたしは　また　屋外に出てはたらこう
夜はランプの下で耳をすまそう

よりよい生活をうちたてることが
もっとも　手風琴をいとおしむ道だ
手風琴の沈黙のときさえ
誇りうる人生を
きずくことだ

虫のなく夜　燈《ひ》の下で

朝から歩きつづけて来たのに
おまえに語ることばがない

水道の出がいいので　頭を洗い　タオルをゆすいだ
カルピスをミルクでうすめて　パンを食べた
売店で氷水をのみサバカン36円を買った
タマネギを刻みカツオブシをけずってショウユをかけたら
食欲が出て2杯半も進んだ
昼寝をした　フロにはいった

夕食後　トミ子さんの病室をたずねた

それらがみな遠いところでの出来事であったように
ただ自分が行きずりの旅人であって
風のような存在でしかなかった　と
わたしは　きょう
わたしの中ですでに忘れられたものを
独白するひとでしかないのだ

旅人

わたしは　さすらいの旅人
住む家がない
四囲の風景がたちまち色あせてしまうので
ひとつところにとどまっていられない
書きしるすすべもない

わたしは風に飛ぶ胞子か

友よ

もし　今　あなたのそばに吹く風が
あるなら
そこには　わたしの心がひそんでいるかもしれないのだ

夜に

おまえは
夜が暗いという
世界が闇《やみ》だという

そこが
光の影に位置していることを知らないのか

じっと目をつむってごらん
風が　どこから吹いてくるか

暖いささやきがきこえるだろう

それは
いまもこの地球の裏側で燃えている
太陽のことばだよ

おまえが永遠に眠ってしまっても
新しい光の中で
おまえのこどもは　次々に生まれ
輝いている　変らない世界に住むのだよ

未公刊詩選

雲雀

ひばりよ　ひばり　高く鳴け
丘は春だよ　陽は麗《うら》ら

新芽の匂いが　洩れて来る
ひっそりそよ風　草っ原

ぴいちく　ぴいちく　青い空
ふんわり白雲　流れてる

ひばりよ　ひばり　もっと飛べ
お故郷の春が　見えるまで

ぴいちく　ぴいちく　何処までも
春のお空はつづいてる。

（お月さん）

お月さん
貴方をおっ母さんだと想え　と
云った人
生きている

お月さん
貴方を　私だと想うと
云った人
遠い満州で

生きている

昔も　今も
変らない
お月さん

拳《こぶし》

拳　拳
一億の拳
男も　女も　老人も　子供も
怒り戦く大和の魂！
討ずばやまじ
この拳

冬が来る

凩サラ〳〵
何処までいくか
野こへ　丘こへ
俺らがの
里へ

ホイヨ行くなら
伝言てたのむ
おっ母《か》へ體を

でえじにと

夕日赤々
漣《さざなみ》　走る
芒《すすき》唄うて
冬が来る。

貝の詩

心が
痛みにうずくとき
私はいよゝ哀しみのからで
かたく　ふたをしました

あゝ
ちっそくしそうになって
思わず大きな溜息をついたとき
涙があふれ出る様に

流れでました
そこには
清らかな　青空の深さに
澄む
しずけさがあるばかりでした。

犠牲

戦争は百万人のキリストを十字架につけた

しかるに
世の善人どもは何をしているのだ
血生臭い風を貪るように吸って
その瞳は何処を見ているのだ
最後の日

たった　ひとりの　悪魔が生き残るであろう

不信の糸

俺の中には　不信の蜘蛛が　いるのか
みるもの　聞くもの　何でも灰色の糸を
からませてしまう
それをこの手は　はらおうとするのだが
はらってもく　まつわりつくばかり
俺は　真底では　あなたを懐かしんでいるのに
俺はこの糸が　神にまで広がってゆくのを恐れる。

何故だろう　この糸は
打算的な　用心深さではないのか

くもの糸が　どんなに多くもつれても
そのむこうにある本質は　一つしかないのだ。

人間の誕生

「でなければならない」ということは一つも無い。
いつも初めてで
未知の世界に在る私という一点が　ほんの僅か感じられ得て
この生命というものに唯驚くばかり
これが人間であろう………と
いま　わたしはうら恥かしいような心で思う
ものの芽ののびていくあけ方に一人めざめて

神について

自分で
神を天にまつり上げてはならない
雲の上を歩こうとの欲ばりはだめだ
現実にぶつかってゆかねば

型にはめて考えることは死だ
生とは　驚きがあるものだ
如何に地上がわずらわしくとも
それを理由に神が生れては本末転倒である。

（死の色に冷く黙した）

死の色に冷く黙した　掌と足をみつめて
残り短かい　私の生命が
この地上に　何か言い残さずに居れぬ焦燥に悶える

誰れが　誰の為に
自らのきびしいこゝろで浄った手を
私の上に置いてくれるのか

（曲った手で）

曲った手で　水を掬う
こぼれても　こぼれても
充される水の激しさに
何時も　なみ〳〵と
生命の水は　手の中にある
指は曲っていても
このこぶしの様なまゝでも
天を指すには　少しの不自由も感じない
専すらな　方向感の流れが
ここには在る

［解説］詩の秘義と詩人の使命——志樹逸馬の詩学

詩はどこまでも自由に読んでよい。言葉に誠実であるかぎり、学校で習ったように、すでにある解釈をなぞらなければならない、というきまりもない。もちろん、作者のおもいにすらとらわれる必要もないのである。

奇妙に聞こえるかもしれないが、詩人はしばしば自分で何を生んだのかを知らない。詩は、意識だけで書くことはできず、むしろ、無意識が動かなければ詩は生まれないからだ。

書かれた言葉は、読まれることによって、はじめていのちを帯びる。書かれたときに意味が決定されるのではなく、良き読者に出会ったとき、それまで種子だった言葉が芽吹き始める。

和歌に「よみびとしらず」の伝統があるように、詩人が無名であることは何ら卑下されるべきことではなく、むしろ、優れた詩人の本願は、言葉が残って、名前は消えていくことだろう。

志樹逸馬（一九一七〜一九五九）は、いつからかそうした道を歩き始めていた。二〇一九年で志樹逸馬は没後六十年になる。半世紀を経てなお、新しい読者の手に取られる作品は、どのような状況で、誰に向かってつむがれたのか、そのことを少し考えてみることは、かえって、詩とは何か、詩人の本質とは何かを明らかにすることになるのではないかと思われる。

この詩人の生涯に関しては、本書に収めた込山志保子氏の詳細な年譜と論述があるので、ここでは彼の生活ではなく、その作品によりそって、この詩人から差し出された、いくつかの問いをめぐって考えてみたい。

周囲にいた人は、その力量を知り、詩人としての彼を高く評価していたが、世に知られるという意味において、志樹逸馬は、ある時期までほとんど「無名」の詩人だった。彼は、他の誰でもない、自分のなかにいるほんとうの自分に向かって詩をつむいだ。

苦しい時には
苦しんだがいい

悲しい時には
悲しんだがいい
　ということばが
何時か　私を解放する
唯一の鍵になっていた

（「鍵」本書七五頁）

苦しみから私たちを救い出すのは、「苦しい」という言葉の奥にあるもので、耐えがたい悲しみから私たちをすくいあげるのは、「悲しい」という言葉の底を突き破ったところにあるものだ、というのだろう。苦しみも悲しみも、私たちを苛《さいな》むだけではない。むしろ、あるところからそれは人生の深みを照らす光になる、とこの詩人はいうのである。

詩はどこか独語に似ている。だが、私たちは、独語する必要がある、そんな状況が人生に存在することを知っている。ほかに誰も励ましてくれないとき、誰も自分

の苦しみや悲しみの意味を分かり得ないという、厳粛な生の掟に直面したときなど、私たちは、そっと虚空にむかって言葉をつぶやく。だが、詩人と呼ばれる者たちは、それだけで終わりにすることはできない。言葉を紙に刻み、あて名のない手紙のように世に生み出さずにはいられない。

先の詩に「鍵」という言葉があった。彼自身も感じていたように詩には、彼方の世界へと私たちを導く「鍵」となる言葉が潜んでいる。どれが「鍵」になると断定することはできない。むしろ、何が「鍵」になるのかは、読む者によって決められる。読む者が決める、というよりも、読む者によって異なってくる、といった方がよいのかもしれない。

書かれた言葉は、読まれることによって意味を新たにする。読む者が異なることに新しく生まれ直す。世に名作と呼ばれる作品は、終わりなき新生を繰りかえす。

この詩人にとって詩を書くとは、何ものかに手紙を書き送るような営みだった。何ものか、と書くのは、その宛先は必ずしも人間とは限らないからである。「てがみ」と題する詩に彼は、詩の手紙の宛先をめぐって、次のように書いている。

てがみを書こう
ベッドに寝ていてもペンは持てるのだ

神さまへ
妻へ　友人へ　野の花へ
空の雲へ
庭の草木へ　そよ風へ
へやに留守をしている　オモチャの小犬へ
山へ　海へ
医師や　看護婦さんへ
名も知らぬ人へ
小石へ

（本書一八六頁）

花、雲、草木、風、おもちゃの小犬となると、鎌倉時代の僧・明恵を思わせる。

明恵が島や島に咲く桜に手紙を送ったことはよく知られている。対象が「生けるもの」であれば何であれ、手紙を出すことができる、というのは明恵の確信であり、彼の世界観、宇宙観を象徴する事象になっている。志樹逸馬も明恵も、花だけでなく、雲や風も、人間とは異なる姿で、「生きている」と感じている。それだけでなく、詩歌は、人間と自然のあいだにある埋めがたい言葉の溝の橋になる、と信じている。

志樹逸馬の名前と作品を、はじめて知ったのは、神谷美恵子の『生きがいについて』だった。この本で神谷は、志樹逸馬の証言を、ある重みをもって引用し、一度ならずその詩を引いている。

だが、このときは、文字通り「知った」という感触があるだけで、彼と交わった、という手応えがあったのではなかった。この詩人の「魂」にふれた、と感じたのは、偶然、次に引く「曲った手で」と題する作品を読んだときのことだった。

曲った手で　水をすくう
こぼれても　こぼれても

みたされる水の
はげしさに
いつも　なみなみと
生命の水は手の中にある
指は曲っていても
天をさすには少しの不自由も感じない

（本書一〇七頁）

この詩は、今もなお、読むたびに新しく感じられる。この詩に出会ったのは、志樹逸馬の作品を読もうとしていた際ではなかった。『ハンセン病文学全集』という本が出ていて、その詩の巻をめくっていたとき、偶然出会ったに過ぎない。

だが、このときこそ、私には文字通りの意味での「事件」だった。詩を書くとはいかなる営みであるかをほとんど啓示のように告げられた思いがした。詩は、あたまで考えた言葉で書いてはならない。それでは読み手の頭に届いてしまう。心で、さらに魂で生きた言葉でつむいだとき、その言葉は、おのずと詩になる。そう語っ

ているようであった。

同時に、もしも、志樹逸馬がこの一篇しか世に残さなかったとしても、それを語り継がねばならないと思わせるほどの畏怖の念を惹《ひ》き起こさせたのである。

「曲った手」は、ハンセン病によって「曲った」志樹の手であるのだろうが、人生を生きるうちに真っ直ぐに手を合わせ、天に向かって祈ることにためらいを感じる私たちの手でもあるだろう。

手が曲っているから、水をすくいあげることができない。ここには「川」の文字は記されていないが、私には、川辺にひざまずいて、流れに手を入れる男の姿が思い浮かぶ。

この人物は、目に見える水をすくうことはできない。しかし、「生命の水」と彼が呼ぶ、目に見えず、手にふれることもできない「水」は、彼のもう一つの「手」から滾々《こんこん》と湧き出てくる、というのである。

指は曲っている。だが、曲った指だからこそ祈れる祈りもある、とこの詩人はいう。もし、彼の経験が真実にふれているとすれば、「曲った手」だからこそ、つむぐことができる詩というものも存在するのだろう。

祈るとは、人が「神」に自分の思いを届けることで終わる営みではない。それな

らば、「願い」と「祈り」のあいだに何ら差異がなくなる。だが、こう書いてみるだけでもおぼろげながらに感じられるように「願い」が人間の思いを「神」に伝えようとすることであれば、「祈り」は、むしろ、「神」の声を聞こうとすることなのかもしれない。

「祈り」とは、「神」とのあいだで行われる「対話」であるといった人もいる。だが、真に対話と呼ぶべき営為が起こるとき、人はそこにある深度をもった沈黙を招き入れなくてはならない。「闇」と題する作品で志樹は、祈りの時空をかいまみせてくれる。

闇《やみ》の中にも目をひらいていたいと思う
人はたいてい
目をつむる
眠る

だが

このしずけさの中にこそある
闇の声に
わたしは耳をすましたい

（本書一三八頁）

ここでの「目」は、肉眼ではない。私たちが「心眼」と呼ぶ、不可視なものを見つめる「眼」だ。だが、志樹は、もう一つの「眼」を開くだけでは足りないという。心の「眼」だけでなく、心の「耳」もまた、開かねばならない、というのである。

現代人は、あまり用いなくなってしまったが「心耳《しんじ》」という表現がある。静寂の意味を感じる「耳」、それは「神」の声ならぬ「声」を認識するもう一つの「耳」でもある。

詩を書くとは、心眼と心耳を開き、言葉の世界の奥にある、意味の世界を感じとろうとすることにほかならない。詩を書くために非日常的な経験は必要ない。むしろ、必要なのは日常の深みを感じることである。この点においても志樹逸馬は、異

能に恵まれていた。

朝から歩きつづけて来たのに
おまえに語ることばがない

水道の出がいいので　頭を洗い　タオルをゆすいだ
カルピスをミルクでうすめて　パンを食べた
売店で氷水をのみサバカン36円を買った
タマネギを刻みカツオブシをけずってショウユをかけたら
食欲が出て2杯半も進んだ
昼寝をした　フロにはいった
夕食後　トミ子さんの病室をたずねた

それらがみな遠いところでの出来事であったように
ただ自分が行きずりの旅人であって

風のような存在でしかなかった　と
わたしは　きょう
わたしの中ですでに忘れられたものを
独白するひとでしかないのだ

（本書二二六頁「虫のなく夜　燈《ひ》の下で」）

ここに描かれている生活、それが志樹逸馬の母胎だった。この詩人は、言葉という舟に乗って、誰も行ったことのない意味の世界の秘密を開示してくれるだけではない。日常こそが、意味の貯蔵庫であることを教えてくれる。書いてみても、格別、人を驚かせない、そうした事象のなかに、真に驚くべき事象があることを、ありありと描きだす。

詩人が私たちにもたらすのは新しい視座でも発見でもない。それは見過ごしているもの、通り過ぎて顧みないものを湧水のように静かに、しかし確かに浮かび上がらせることなのである。

「だれにも顧みられない」と題する作品で志樹は、人生の秘義のありかをめぐって

次のような詩を書いている。

だれにも顧みられない　暗いベッドのかげをのぞき
横たわる友の手の冷たさを　つかまねばならぬ
生きているこの体験に　みずからの本質をさぐらねばならぬ
黙っているときにたくわえられる　圧縮される生命を
愛さねばならぬ
聖書によって洗われたわたしが　どのような姿で
これからの社会に表現できるか
それはだれも知らない
ただぶつかって聞けることばが　それを教えてくれる
この勇気をあたえてくれるものは神だ
求めるわたしの　純粋さだ

（本書一五四頁）

知識を持った者が披瀝《ひれき》する知識よりも、苦しむ者が体現する苦しみに、知識を超えた叡知を観ること、見続けること、それが志樹逸馬が己れに求めた詩人としてのつとめだった。世人は、人生を寿命の長さで計ろうとする。だが、この詩人は、「圧縮される生命」の重みによってその本質を感じようとする。

「曲った手」によって、ひとたび扉が開かれると、詩を読むというよりも、詩の方から呼びかけてくるように感じるようになった。すると、かつて読んだことのある詩もまったく違った姿となって出現する。そうして出会い直したのが「土壌」だ。

わたしは耕す
世界の足音が響くこの土を
全身を一枚の落ち葉のようにふるわせ　沈め
あすの土壌《どじょう》に芽ばえるであろう生命のことばに渇《かわ》く
だれもが求め　まく種子から
緑のかおりと　収穫が

原因と結果とをひとつの線にむすぶもの
まさぐって流す汗が　ただいとしい

原爆の死を　骸骨の冷たさを
血のしずくを　幾億の人間の
人種や　国境を　ここに砕いて
かなしみを腐敗させてゆく

わたしは
おろおろと　しびれた手で　足もとの土を耕す
どろにまみれる　いつか暗さの中にも延してくる根に
すべての母体である　この土壌に
ただ　耳をかたむける

（本書一五六頁）

この詩人には「代表作」というようなものものしい呼び名はふさわしくない。だが、この作品はやはり、彼の詩を考えるとき、素通りすることはできない。むしろ、この詩を深く味わうことができれば、この詩人への扉は大きく、深く開かれるようにも思う。

この作品には、いくつもの志樹逸馬の「鍵語」が記されている。「曲った手で」にもあった「水」もそうした言葉の一つだ。

言葉は水に似ている。おそらくそう感じたところに詩人志樹逸馬の誕生がある。「水」の一語に視座を据えて彼の作品を味わう、という試みもできる。

たとえば「秋の小川」と題する作品で彼は、水を描きつつ、この言葉を持たない自然の産物が、もう一つの「コトバ」をともなって自らの前に顕現するさまを描き出す。

小川の水は
なぜか　哀《かな》しいほど
わたしの手にしみる

おまえは青空を透《す》かして流れるからなのか
固《かた》い小石に研《みが》かれるからなのか

物象のかげ映《うつ》ろうままに
天地のひかりには揺れるがままに
せんせんと砕け
歌って生きる
秋の小川よ

冷たさに
おのずから澄むは水のこころ

（本書一二六頁）

人は、水を飲まなくては生きていけない。のどが渇くだけでなく、からだの多く

の部分は、水分でできているからだ。
「土壌」で志樹は、「ことばに渇く」という。肉体が水に渇くように、「魂」は「ことば」を求めずにはいられない、というのである。志樹逸馬は「魂」という言葉を多く用いる詩人ではない。しかし、彼はいつも「魂」に届く言葉を書き記そうとしていた。「わたしはこんな詩が書きたい」と題する作品には、次のような一節がある。

あまり身近なので　読む人が
活字やインクのへだてを忘れ
空気のように呼吸し
血となり肉となり
生きる力となり
死のまぎわに　ふと魂によびかけて
やさしく見送る
詩を書きたい

そんな詩集を　ひとりでも多くの人に　とどけたい

（本書一九〇頁）

詩は、あたまに届けるのではなく、心にそっと送り出さなくてはならない。だが、心の奥にある「魂」と人が呼ぶところに言葉を送ることができれば、詩を書く者としてのつとめを果たしたことになるというのである。

深く詩を読もうとする者は、詩集を繙《ひもと》くだけでは十分ではないのかもしれない。優れた詩は、詩を味わうことだけでなく、読み手にもまた、詩を書くことを求めてくる。

読むことを深化させてくれるのは、多くの本ではなく、一篇の新しき詩だ。詩を書くことほど、詩の読みを深めてくれるものはない。

詩を書く、それだけで私たちは志樹逸馬の同志になれるばかりではない。言葉を未知の他者へ運ぶという使命を分かち合う仲間になるのである。

＊

この詩集が生まれるまでには、ほんとうに多くの人の助力と理解があった。志樹逸馬の遺族である河内山耕さんには、ノートおよそ六十冊に及ぶ遺稿を預けていただいた。ここに深く御礼申し上げたい。

このことがなければ、本書が世に問われることはけっしてなかった。詩人の遺稿が、このようなかたちで受け継がれていることは、よくあることではない。こうした行為の背後には、この詩人への大きな畏敬の念がある。

年譜を作成してくれた込山志保子さんは、志樹逸馬の作品を愛することにおいて人後に落ちない。ここに付された年譜は、研究資料である前に、一つの作品であり、論考である。それは調べるために用いるものではなく、味わい得るものになっていると考える。

熟読する者には、志樹逸馬と出会って人生を変えられた一個の人間による無声の告白さえも聞くかもしれない。

この原稿を書いている、まさにそのときに、国立ハンセン病資料館では「没後60年　志樹逸馬展」が開催されている。その開催に尽力してくれたのが同館の学芸員

である木村哲也さんだった。彼は年譜の作成や資料の取り扱いにもさまざまな助言をくれた。木村さんは、志樹逸馬とも関係の深い、大江満雄の研究者であり、志樹逸馬をはじめとした、大きな試練のなかで詩をつむいだ者たちの歴史の専門家でもある。彼によってすでに、今回の展覧会をきっかけに重要な発見がいくつもなされている。この場を借りて、深謝申し上げたい。

出版不況のなか、こうした詩集を世に送りだそうとすることは、事業的な危険を伴う。亜紀書房の内藤寛さんは、それを挑戦に変えてくれた。志樹逸馬の言葉をひとりでも多くの読者の手に届くように努力し、その恩義に応えたいと思う。

本は、作者の文字があるだけでは生まれない。そこには校正者や装丁者、あるいは製本にたずさわる人たちの協同がある。

校正は牟田都子さんに担当してもらうことができた。校正は文字を整える仕事というよりも、そこに見えない秩序を与え、よみがえらせることにほかならない。

装幀はたけなみゆうこさんにお願いできた。詩集の装幀はいつもむずかしい。本書のような一個の人間の魂の記録はいっそう困難が大きかったと思う。校正、装幀、製作にたずさわった皆さんに、この場を借りて、真摯な参与に衷心からの御礼を申し上げたい。

そして、この本のもっとも大きな功労者は、志樹逸馬とその妻治代さん、そして志樹逸馬が「友」と呼ぶ者たちを含めた死者たちにほかならない。この本にたずさわっている人たちは皆、はっきりと亡き者たちに助力を感じている。制作にたずさわったすべての生者を代表し、死者の協力に感謝の念を表したい。

若松　英輔

二〇一九年十一月二七日　冬の到来を感じつつ

寶山良三（志樹逸馬）年譜

今までに刊行された文献と関係者の証言（ともに参考文献参照）、志樹逸馬直筆の資料から年譜をまとめた。引用文章は原文に忠実に写してある。資料により日付が異なる場合は、本人、あるいは、本人に近い人物の記録を採った。作品の発表時期は、それぞれの名前で初めて発表したもの、書籍として刊行されたもの、代表作と思われる作品の完成時期を記した。現時点では、寶山《たからやま》良三に関する資料の全てを入手できたとは言えず、また人物を理解するためじっくり読み込み熟慮するには時間も限られ、本年譜は、未だ決定版と呼ぶには至っていない。寶山家について、河内山耕から許可を得て記す。本年譜は関係者より貴重な証言や資料提供の協力を受けた。ここに名を刻み、心からの感謝の意を表す。故・志樹治代、河内山耕、ひろちゃん、二宮鐘秋、木村哲也、駒林明代、田村朋久、大嶋良兵（敬称略・順不同）。（込山志保子）

一九一七年七月十一日（大正六）　良三（のちの志樹逸馬）山形県西田川郡（現・鶴岡市）に生まれる

父・寶山良雄（四十九歳）、母・薫（四〇歳）の間に、六人兄姉の末に生まれる。長男・達一（二十一歳）、長女・廣江（十三歳）、次男・樟二（八ヶ月で死去）、次女・藤子（十一歳）、三女・秋子（七歳）。

良雄（旧名・森鐐吉）は、早くに両親を亡くし、十代で曹洞宗宝円寺（石川県金沢市）、曹洞宗可睡斎（静岡県袋井市）で修行、十八歳で還俗、寶山家の養子となり、良雄と改名する。数学者の森外三郎は実兄。良雄は、同志社普通学校卒業後、東京帝国大学に入学、哲学を専攻。卒業後は京都妙心寺花園普通学林の教頭となる。その後アメリカ・エール大学に留学、哲学を専攻。ジョージ・トランブル・ラッド（心理学者・神学者）に学ぶ。一九〇三年秋、ニューヘヴン市ハワード街にあった天岫接三《あまくきせっさん》（臨済宗）らの下宿先の前で撮られた写真には、良雄とともに、柴田一能《いちのう》（日蓮宗）、鈴木大拙《だいせつ》（仏教学者）、鈴木真浄、倉田某、山崎快英（曹洞宗）、天岫接三が写されている。同年、

イギリス、フランス、ドイツの中等教育を視察し帰国。和歌山、山形、岐阜、三重、福岡で教鞭を執る。良雄が校長を務めた和歌山の耐久学舎（現・和歌山県立耐久高校）教育方針には「生徒は貧富の別なく自ら学び自ら労働せざるべからず」とある。松本皓一[1]によると、「良雄の教育方針は自学自習、自主自立であり、忠実な体制内教育であったが、この時代にあって国家的要請に囚われない私学教育を願った」。

薫は良三に「何事も質素に、お友達と同じように」とよく言い、子どもたちが互いに引け目を感じないように気づかい、どのような家の子にも同じように接した。家庭では麦飯を食べ、朝は漬物と決められており、小学生の間は子どもたちに、当時はぜいたく品だった毛織物を一切着せず、足袋もいよいよ寒さが厳しくなるまで履かせなかった。薫が病弱だったため、廣江は良三の母親代わりのような存在だった。

良三は、学校が終わると毎日のように小川へ行き、フナやドジョウを捕って遊んだ。達一から教わって、生き物を捕るのがうまかった。勉強がいやで、学校の成績は芳しくなかった。良雄はまったくの放任主義で、勉強をするように言われたことは一度もなかった。

一九二八年五月二十三日（昭和三）十一歳　父死去

父・良雄は亡くなったとき、福岡で校長の職にあった。没後も教え子からの信頼は厚く、良雄の墓（妙心寺山内桂春院）は、教え子によって守られた。和歌山の中学で教頭を務めた瀧浦文彌は良雄の死後、伝記『栽松宝山良雄先生』を出版。家族にとっても良雄は誇りだった。

一九三〇年（昭和五）十三歳　福岡県小倉から東京に転居

旧制中学校では一学期のみ学び、東京へ転居となった。良三は、ようやく学問に興味を持ち始めて、勉学に励むようになった頃だった。

九月　ハンセン病の診断を受ける

左の頬に赤い斑点ができた。大学病院を受診、診断を受ける。良三は夜目が覚めたときに、薫と達一が自分の病気についてなにやら話しているのを聞いてしまうが、詳しいことはわからなかった。良雄が、物乞いをするハンセン病患者に金銭を与えていたため、兄姉はこのことが感染の原因になったのではないかと疑った。良三も、後年になって、薫からの誰とでも遊ぶようにとの教えを守ったことで感染したと思った。満州で良三の発病を知った廣江は、毎日泣き続けた。だが、廣江の夫・寛二には打ち明けられなかった。寛二はめったに泣かない廣江の泣き続ける姿を見て、真実を打ち明けるように強く促した。事情を知った寛二は良三をかわいそうに思い、手紙や金を送った。以後、家族が良三に何か物資を送る場合は、あえて満州の廣江を経由して送られた。

十月十二日　東京・公立療養所第一区府県立全生病院に入院

はじめ、全生《ぜんしょう》病院（現・国立療養所多磨全生園）には、秋子に連れられて来たが、そのままふたりで引き返した。後日、達一に連れられて来た。事務所で達一が職員と話している間に、良三は風呂に入れられた。良三本人は、単に皮膚病とのみ考えていたが、寮父を紹介されたとき、ただならぬ状況を感じた。その間に達一の姿はなくなっており、別れも言えなかった。

夜になり、良三は、なかなか眠れない床の中で、泣いた。状況は、予想を大きく裏切るものだった。ベッドもなく、看護師もおらず、誰も付き添ってくれない。汚れた畳、薄暗い電灯、黒い麦飯……。なにより、誰もこんなところだと教えてくれなかったことが悲しかった。寮父は情の厚い人で、夜は良三を抱いて寝てくれた。まだ治療法が確立されていない時代であったため、皮膚は化膿し、異臭がしたが、それでも良三は抱いて寝てほしいと思った。朝になると医局へ行き、「家へ帰らせてくれ」と終日、言い続けた。自分は捨てられたと思った。でも薫を憎いとは少しも思わなかった。

結局、良三は病名を告げられなかった。病名の告

知、病態の説明、現在の病状、予後、治療方針など、あって然るべき医師からの説明を受けないことは、当時としては珍しくなかった。ハンセン病が医学的、また社会的にどのような病かわからず、病友や自身の症状、家族や親戚、地域の人の反応や療養所での扱い、職員の態度から、その病を患うことがどういうことか、自分で察していくしかなかった。特に子ども時代に発症した者の場合はそうだった。

十二月初め　養鶏部に勤める

良三は、院内で「坊ちゃん」と呼ばれ、かわいがられていた。話し方も性格もおっとりした良三の雰囲気があだ名の由来になった。

すすめられるまま院内の養鶏部に勤めるようになる。養鶏部主任の高橋高嶺《こうれい》に強く影響される。高嶺は、良三が入院する二十年以上前から入院していた。顔には腫れて化膿した跡が多く、手の変形も顕著であった。

昭和初期に全生園に在籍し、全生園・機関誌『山桜』の発行人を務め、文芸活動の中心的存在だった[2]。『山桜』や長島愛生園の機関誌『愛生』に短歌や詩を発表している。

高嶺は、「俺はどんなに飢えても、同じ苦しんでいる友に、自分の持っている握飯の半分はきっと分けてやることが出来る」とよく言った。仕事は人が見ていないところでも誠実に行い、その姿に良三の信頼は深まった。ほどなく六畳一間の詰め所にふたりで寝泊まりするようになった。農畜産関係の者がよく訪ねて来て、話題になるのはいつも『中外日報』の編輯日誌で、宗教ジャーナリスト・真渓涙骨《またにるいこつ》の言葉には、正義感や友情など学ぶところが多かった。

この頃のことを、良三と交流のあった哲学者・鶴見俊輔は次のように語っている。「志樹逸馬の先輩たちは、自分が近いうちに死ぬと思いながら、自分の中の教養と志を、つまり感受性を彼に伝えました。（中略）彼にとっては、死んでいった先輩が自分にどう教えてくれたかってことが、つながっているんだよ（中略）今の一般社会で、文学が生きる証とは思えないね。生

き方の一つにすぎない。だけど志樹逸馬みたいに小学六年で家族から切れてそこにいる人間にとって、言葉に対する興味っていうのは、生きる道を切り開いていく手掛かりになったわけで、それを死んでいく先輩たちがよってたかって助けてくれた」(3)

良三は、午後の休みにはいつも松林に出かけ本を読んだ。ハンセン病といっても症状や障害の重さはさまざまで、盲目、義足、全身傷がある人、触覚を失った人もいれば、軽症で外見からは全く病気とわからない人もいた。良三も、やがて自分も障害を負っていくと考え、「〝それには唯勉強することだ、人はものごとが解らなくて苦しむのだ、努力して出来ないことはない筈だ〟と考え決めてしまった。でなければ困ると思った。／しかし、仕事もせず他人の揚足をとるための理窟だけを覚える勉強ならしない方がいい」(4)と思った。養鶏の仕事は日を経るにしたがってやりがいを増していった。

一九三×年×月×日（日付不明）

この頃、許可を得て外出し実家に行ったが、すでに表札が替わっていた。驚いて、やむなく知人を訪ねた良三は、家族全員で満州に移住したことを知る。

一九三三年八月九日（昭和八）十六歳　渓鶯会事件

渓鶯会が結成されたのは、一九三一年頃。高嶺と後に愛生園養鶏部主任となる大柴信次は中心人物だった。会の名前は、彼らを指導した職員・広畑隣助のペンネームで、広畑の農園芸畜産をはじめ文芸にいたる文化面の指導に、公私の別なく真摯で感動的であったことに由来する。同志的な懇親を深め、院内や社会問題を話し合うようになった。所内生活を入院者の自主的運営に改善したいとの理想を持ち、文芸活動の中心だった。畜産や農園芸関係のメンバーが多く、若い部員たちの大半は会に加わっていた（良三が加わっていたかは不明）。この日、あることをきっかけに、日頃から会と対立する人々から反感を買い、暴力事件になった。

六月十一日、高嶺は退院処分となり、御殿場の神山

復生病院へ送られた。十四日には大柴ら八名が脱走した。

八月九日（昭和八）十六歳　岡山県・国立らい療養所長島愛生園（現・国立療養所長島愛生園）へ転院

良三は高嶺、大柴を追って全生園を脱走した。高嶺を慕う良三は職員にも知られており、脱走を援助してくれる職員もいた。

このとき、神山復生病院に一晩泊まった。院長である岩下壮一神父から、ここにいないかとだいぶ誘われたが、やはり高嶺を追った。以後その年の秋にかけて長島に脱走した者は四十人を超えた。

愛生園でも養鶏部に勤め、高嶺の近くに住んだ。野球、俳句、童謡と趣味が広がった。全生園から一緒に来た大柴が養鶏部の主任となった。

大柴もまた「柴たもつ」「芝保夫」の名で『愛生』や九州療養所（現・国立療養所菊池恵楓園）文芸誌『桧の影』に詩や俳句、散文を発表している。大柴は夫婦舎におり、良三はよく遊びに行った。大柴は月収三円の中から金を貯めては文学書を買い、昼間は養鶏、夜も飼料の研究や帳簿の整理をしながら、徹夜で創作活動を続け、『文芸首都』に投稿していた。良三はそんな大柴の姿を見ていた。

良三は養鶏の他に敷地づくりや山畑の開墾をした。一日置きの交替で午後休む以外は、薄暗いうちから日の暮れるまで働いた。雛を育て、卵を集め、菜をきざみ、砂を替えるなど、生きるものへ愛情をひたすらそそいだ。

ハンセン病そのものが致命的になることは少ない。だが、皮膚と末梢神経を侵し、ときに内臓、眼、上気道が侵されたり、さらに個々の免疫機能によって症状には個人差がみられた。そのため、患者にとって体力仕事や手先を使う作業は身体に影響し、後遺症を重症化させた。同僚たちは次々に重病となり、担当者は、絶えず入れ替わり、大風子油のみの治療であった当時の病変の激しさは、筆舌に尽くしがたいものだった。

本は、学問的なもの、娯楽、宗教道徳的なもの、いずれの分野も漏れのないよう、さまざまな種類を図書

館から借りて読んだ。ドストエフスキー、トルストイ、武者小路実篤、シェイクスピア、ルソー、真渓涙骨、友松円諦、島木健作、高神覚昇、鈴木大拙、松原致遠、『明治大正文学全集』など。ことにタゴールの『生の実現』を愛読した。

夜のわずかな時間しか勉強に当てられず、やがて失明したらと考えるとこれでよいのかと良三は焦った。その一方で、自分たちは国から扶養されている立場であり、貧しい生活を互いに良くするために働けるうちに働くのは、人間として当然であると葛藤した。

一九三四年（昭和九）十七歳　本格的に詩、小曲、童謡、民謡の試作を始める

最初の創作ノートは童謡集。この時のペンネームは「卯月香《うづきかおる》」。

一九三五年（昭和十）十八歳　『愛生』に童謡「帰り道」「秋の日」発表

「寶山良三」の名で初めて発表される。「詩人時代」「詩と歌謡と」「児童文学」「女子文苑」「お話の木」などにも作品が掲載される。

一九三六年五月（昭和十一）十九歳　『愛生』に童謡「紫陽花」発表

「卯月香」の名で初めて発表される。よい詩とは、読者の魂を心の底からゆすぶり、力を与えるものをいう、ということを学び、生きるとは自分の内に力を創造すること、すなわち自分をどれだけ多く愛し励まし得るかが、よい詩を書く要素になると考えるようになった。

六月二十五日『長島詩謡』発行

一冊目の長島詩謡会の合同作品集。「寶山良三」の名で、「温い眞晝（童謡）」「夕暮（童謡）」「山椒の實（童謡）」収録。

一九三七年八月（昭和十二）二十歳　『愛生』に民謡連曲「冬枯れ」発表、京都旅行

「志樹逸馬」の名前で初めて作品が発表される。詩人・藤本浩一の選。「日本詩壇」にも発表。

京都に一人旅に行く。働けるところを探そうとしたが、園の友人が懐かしく思え、帰園する。

一九三八年（昭和十三）二十一歳　タゴール『生の実現』をすべて筆写する

一九三九年秋（昭和十四）二十二歳　大阪で一ヶ月間の自活生活

顔面の腫れはよくなったが、左手は麻痺していた（橈骨《とうこつ》神経麻痺：特徴的な症状は、手首が下垂し伸ばせない状態）。軽症で伝染の心配はないため、社会見学のためにもと大阪に出る。

蚊取り線香工場（大日本除虫菊株式会社大阪工場か？）にて、日給一円五十銭で働いた。しかし、自分の働きの大半は会社の利益となり、どのように使われるかさえも知ることができない。それに比べ愛生園では、日当十銭でもその余剰額は必ず園全体のために使われ、自分たちに還ってくる。同じ汗を流すなら病友のためにと考えると仕事が嫌になり、一ヶ月で愛生園に戻った。良三は養鶏の仕事に復帰。手や足にさらに麻痺が広がりつつあった。しかし鶏のエサの材料は素手で混ぜ、肉体労働は病状を悪化させるかもしれなかった。だが、そのいっぽうで、次のようにも感じていた。

「乳白色の羽毛の中に真赤な鶏冠を花のように揺すぶり群れる姿を見たり、卵の一杯になった箱をリヤカーに乗せハンドルを握りしめ、南に海を見はるかし切断った山肌にそった赤土道を、燦々と散る秋の陽を突いて炊事場へ走るとき、私の胸はまた島の幸福を翔く鳩のようにふくらんだ」(5)

一九四二年春（昭和十七）二十四歳　治代と出会う

治代は四歳年下で、キリスト者。短歌を作り、『愛生』に発表していた。キリスト者である仲人の紹介で出会った。お互いは知らないもの同士で、結婚前、治代は、人目につかないように鶏舎で働く良三を見に

行った。良三は、軽症の治代との結婚に強い不安と責任を感じていた。

五月十五日　結婚、達一来園

結婚式では良三は背広、治代は園から支給された木綿縦縞の袷。戦時中で、結婚式のごちそうは、養鶏部の部員が用意してくれた白菜のおひたし。養鶏部では主任になり、「親方」と呼ばれていた。友人たちに囲まれて宴が開かれた。聖書の詩篇十六篇が読まれ、賛美歌のレコードがかけられた。治代との結婚には、古里にかえったような温かな家庭の安らぎを覚えた。

六畳一間の夫婦室に入った翌日に突然、達一が来た。薫から「嫁の顔を見て来てほしい」と言われ、五百円の結納を持ってきた。治代の実家にも結納を持っていくよう薫に頼まれた達一は、治代に許可を得て治代の身内にも持っていった。当時の療養所では、結婚相手の家に結納を持っていくことは極めて異例だったが、「子どもたちには皆同じようにしてやりたい」という薫の希望だった。結納の話を聞き治代は耳を疑ったが、薫の深い愛情を感じた。治代からは「りょうさん」と呼ばれていた。良三の日記には治代のことがたくさん書かれている。喧嘩もしたが、幸せな結婚だった。

ある日、良三が山から持ってきた木の花の匂いで、治代の気分が悪くなると、良三は大事に育てていた木をばっさり切ってしまったことがあった。治代は、子どもの頃から文章を音読させられていたため、結婚後もその習慣が残っていた。ある日、ノーベル物理学賞を受賞した湯川秀樹の生い立ちが新聞に載っていた。湯川が京都三高に在学中の校長は、森外三郎であったが、治代は「そとさぶろう」と読んだ。それを聞いた良三に「それは、そとさぶろうじゃなくて、ほかさぶろうと読むんだし、それは俺の伯父だ」と言われ、治代はそのとき初めて良三の家系にまつわる事実を知る。

夏頃　麻痺が進行

手足の麻痺は進行し、片足も麻痺した（腓骨《ひこつ》神経麻

痺：特徴的な症状は、足首が下垂し、つま先を上げることができない状態で、転倒しやすくなる）。

十二月二十五日　二十五歳　単立・長島曙教会にて洗礼を受ける

仲人から、結婚するなら洗礼を受けた方がよいと以前から勧められていた。仲人から聖書をもらって読み、共感するところは多かったこともあり、このときは友人から勧められるまま洗礼を受けた。「神は愛なり」のことばに全てを解決する鍵があると思い、自分をもう一歩前進させたいとも思った。教会は無牧であったため、外の牧師が洗礼を授けた。当時、洗礼式は年に一度のクリスマスしか機会がなかった。

一九四三年六月（昭和十八）　二十六歳　病状悪化、養鶏部を辞める

薫からの送金によって建てた新居（十坪住宅：十坪で六畳二室、二組の夫婦の共同生活）に転居する。第二次世界大戦による食料不足のため、園内でも少しでも動けるものは土を耕した。収穫の三割を炊事場へ納めるという条件で山の荒れ地が一人当たり二十坪ずつ貸し出され、良三も開墾した。

病状は進み、両手が麻痺、全ての指が曲がる。作業中の摩擦によりできた傷がなかなか治らず、骨にまで及び、右の親指の第一関節より先を切断することになり、養鶏部主任を辞める。手の痺れは肘まで、足の痺れは膝にまで達した。一日中、頭がのぼせ、調子が良いのは朝の三十分くらいで、夜は全身が強張った。

良三は山の開墾をやめ、家の周辺の小さな菜園にとどめることにした。友人たちには開墾をやめることを反対されたが、夫婦で相談して決めた。だが、病状が悪化するほど、草木の瑞々しさが生き生きと感じられた。そして、ますます詩をつくりたいと思うようになった。自分が唄わなければ、誰がこの存在を知ってくれるのだと思った。麻痺が進んだ手でも文字が書きやすいよう、万年筆には白い布を巻き、滑らないように工夫した。詩作を熱心に続け、『愛生』に投稿し、藤本浩一、一九四九年からは詩人・永瀬清子などの選

で、ほとんど毎月掲載される。

良三が長島詩謡会の責任者を務めていたため、詩謡会は寳山宅で開かれることが多かった。良三は「お茶だけ出して行けよー」と治代に言い、治代は進んで詩謡会に参加はしなかった。当時女性のメンバーはひとりもおらず、治代には気難しい会に感じられたようだった。

長島詩謡会を代表する詩人のひとりに近藤宏一(一九二六—二〇〇九年、小島浩二の名で詩を発表)がいる。良三の家と道を挟んだ向かいに住んでいた。近藤は良三を敬愛していた。彼に点字を教えたのは治代だった。生前、良三について次のように述べている。

「おぼっちゃんです。体の大きい、あごの張った方。貴公子然としていましたね。ものを言うと優しいんですよ。気品がある。人柄がそんなですから、人が寄るんです。存在感が大きい方ですから。詩謡会を開くのは志樹さんの部屋。いい方でしたよ。クリスチャンで、詩と花づくりが趣味。次から次へと花をつくっては咲かせる。心に花の種がいっぱいあったんでしょうね。人と争うことは絶対にしない。それでいて甘えん坊でした」(6)

一九四四年(昭和十九)二十七歳　治代、良三の病状悪化を廣江に知らせようとする

治代はこのまま病状が進めば死も近いと心配し、牡丹江にいた廣江に知らせたが、戦時下という事情もあったのか返事は届かなかった。この頃、愛生園では一年間に三百六十人以上の患者が死に、ときには一日に三、四人死ぬこともあった。良三と治代は、浜で小さな蟹を捕ったり、数株の青菜を一枚ずつ汁に入れたり、小さい畑で野菜をつくり、できるだけ動くことを少なくしたりして食料を確保する工夫をし、体力の消耗を防いだ。

一九四五年(昭和二十)二十八歳　敗戦

戦争の終わりとともに物資が届けられ、愛生園はにわかに明るくなった。

廣江がいた牡丹江から引き上げた人の話を集会場に聞きに行ったが、兵隊は捕虜となり、女性の生存はさらに困難と聞かされた。わずかな手がかりでも得られないかと、知人を頼ったり、NHKの尋ね人の放送は欠かさず聞いた。

一九四六年（昭和二十一）二十九歳　『明治大正文学全集』『百科事典』などを読破

一九四八年（昭和二十三）三十一歳　さらに指は曲がった

この頃のことを次のように記している。

「生姜の様なザラザラな掌だった。これでは陽光を掬おうとしてもこぼれてしまうと思った。だがひかりは幾らでも天から降っていた」(7)

一九四九年二月（昭和二十四）三十二歳　プロミン治療を受ける・「畑を耕つ」ができる

治療を受けると病状は日に日に快復し、毎日プロミン注射に行く良三の後ろ姿を見送るとき、治代は手を合わせたくなる気持ちだった。良三はこのときのことを次のように記している。

「ああ、そのどんな小さな灯でもいい、それは数千年口を緘していた化石のつぶやきにもひとしい屘《よろこ》びなのだと思う」(8)

プロミンの効果は一九四三年にすでにアメリカで確認されていたが、日本にとっては敵国の薬だった。戦争の影響で日本でのプロミン治療は遅れ、患者たちの症状は進行した。

一九五〇年三月（昭和二十五）三十三歳　急性肺炎で入室

約一ヶ月間、生死の境を彷徨ったが、徐々に快復し、三ヶ月で部屋に帰ることができた。食料に余裕が出てきたため、良三と治代は畑の間に花の種を蒔いた。矢車草、かすみ草、カーネーションなど。白いつるばらで玄関前にアーチもつくった。道行く人は皆立ち止まって見た。良三は快く苗や種を分けてやった。

良三と治代のところには、毎日のように遊びに来る女の子がいた。良三とは二十歳ほども歳が離れ、「ひろちゃん、ひろちゃん」とかわいがっていた。園内では、子どもたちに詩をつくることを義務づけていた。良三は子どもたちの作品の選者になったりもした。文学に興味のないひろちゃんに詩のことを教えた。良三とひろちゃんは甘いものが好きで、よくふたりで食べた。

ひろちゃんによると、良三は「立派な人、あの人を悪く言う人はおらん。物静かでゆっくりおっとり話す人やった。おぼっちゃんや。言葉がやさしかった。おじさんの書く詩そのもの。やさしい声。人の悪口は言わん。嫌なこと言うたの聞いたことない。人の差別を本当に嫌がった。映画も好きやった、座椅子を担いで行っとった」。良三はどんな人にも同じように接したが、自分の意思ははっきりしていたという。唯一嫌がったのは、光田を批判する人たちだった。治代によると、光田の診断は非常に的確だったという。慈愛に満ちた人で、戦時中も食料を調達してきたし、患者たち全員の顔と名前を知っていた。また、どんな服装でも、遠くからでも誰であるかがわかった。

一九五一年十一月三日（昭和二十六）三十四歳　『詩集緑の岩礁』出版

二冊目の長島詩謡会の合同作品集。「鐘を撞く」「水たまり」「拳」「岩清水」「足を病むあなたに」「早春」「日本人」収録。価値ある詩とは、己がかなしみと戦っている姿、またこれを克服し、一歩でも前進しようとするところにあり、ただ美しいのみ、現状維持は詩としての価値は低く、世の人に力を与えることが少ないと考える。

十二月　「園長さん」ができる

一九五二年二月（昭和二十七）『回春病室』記念文学賞受賞

光田の著書『回春病室』刊行を記念し、光田と藤本

浩一からの寄付によって長島文芸協会が園内の文芸復興を期待し、制定した。第一回では、詩人賞を志樹逸馬、歌人賞を千葉修が受賞している。

八月二十三日　三十五歳　母の死を知る

このときのことを良三は日記に次のように記している。

「母が亡くなられていたとの知らせ　来る
（中略）
手紙をききながら涙が何度もあふれそうになって
それでいて他の事はよく解らず母が死んでしまった
ことのみがわかりすぎるほどわかった
やさしかった母の顔が浮かんでは消え　浮かんでは消え
美しくほほえんでいることが唯かなしかった
（中略）
やっぱり駄目だったのだと思ひつつそれをはらいのけようとした。
母がかわいそうな気が　また　いいえとも考えた。
お母さんはほんとうによくその生涯を全うして下さったと思った
としとってからの母は決して幸せであったとはいえないかも知れない
亡くなるときも淋しかっただろう
しかし母はしづかにほほえんで逝ったと思った。
『亡くなった父が遺言を残さずに逝かれたのは父が母をほんとうに信頼しまかせきっていられたからだ』と遠い日、母が幼い私に語ってくれたのを思い出す。
そのようにして母も逝ってしまった。
黙ったまま——しかし、その中に私は母の温い言葉を聞いた。
『私はどんなことがあってもお前の側をはなれはしない』と」

十月十五日　「種子」ができる

十一月　全ての歯を抜く

この頃のことを良三は次のように記している。

「ハンゼン氏病という現象だけでは無意味なのだ。その人がどのように感じ対応したかによってはじめて価値が生ずるのだ。ハンゼン氏病を看板にして他人に哀れまれるのは当然だ。苦しみを俺は人一倍荷っているのだと考えているものがまだかりにあるとすればこれほど悲しむべきことはない。

今日、『癩文学は』と一段低級視されての呼名も、私達が人間性を主体としハンゼン氏病を従として生きない以上やむをえないことだ。この問題を私達が解決したとき、人ははじめてハンゼン氏病を異人種視するのをやめ『私も人間だ、私もハンゼン氏病に患ったら』という順序で呼びかけるようになるのだ。誰がどのように見ているか、を無視はできないにしても、それを枠とし囚われてしまっては何時までも『癩は恐しいもの、天の刑罰によるもの、遺伝によるもの、卑屈なもの、賤しいもの、並通人以下のもの……』との既成概念から抜け出ることは出来ないのだ」(9)

一九五三年四月（昭和二十八）**三十五歳　ハンセン病療養所患者の詩集『いのちの芽　日本ライ・ニューエイジ詩集』**（大江満雄編）**出版、「黒人霊歌」「土壌」ができる**

「班斑の譜」「癩者」「水」「緑の地上」「杖」「青空」「拳」「芽」「園長さん」「鐘を撞く」「青空」「窓」「新しい原子力を」「生きるということ」「代償」「夢」「医師（Mによせて）」「私の生活」収録。資料提供で全生園詩謡に関する年譜」作成にあたり、資料提供で全生園詩謡会の國本昭夫と共に編者大江満雄（詩人・批評家）に協力している。この前後に大江との親交がひらけ、三月、大江のすすめでユネスコ青年詩人クラブに入会する。大江に引き込まれて療養所に行くようになった鶴見が、『芽』（第二次『思想の科学』）に良三の詩を掲載するにあたり、承諾を求める手紙を送ってきたことから文通も始まる。思想の科学研究会にも入会。

一九五四年（昭和二十九）**三十六歳　『中央公論』と『新女苑』に原稿掲載**

鶴見が京都で開く「庶民列伝の会」に、自分が記

録した患者、看護師の聞き書きを送った。鶴見に書くよう勧められたのだった。後にそれらは『中央公論』(10)、『新女苑』(11)に掲載され、良三は初めて原稿料を受け取った。原稿をまとめることに力の限りを尽くし、その疲れは簡単に快復できるものではなかった。心配した治代は今の身体では原稿を書くことは無理だと止めたが、良三は書くことをやめなかった。夏から年末まで、神経痛のためペンを持てたのはわずか十日。痛みの激しいとき「俺は一体どうなるんだ」と言って泣いた。

一九五五年六月二十七日（昭和三十）三十七歳　家族の消息がわかる

園の庶務課より一通のはがきが回されてきた。寛二から、良三の生死についての問い合わせだった。良三と治代は夢のような知らせに戸惑いつつ返事を書いた。文通で牡丹江からの引き上げの様子、母の死の詳細を知った。薫の死は無念だったが、兄姉の無事がわかり喜んだ。

一九五六年七月二十八日（昭和三十一）三十九歳　寛二が来園

電話が鳴り治代が出ると、対岸の虫明《むしあげ》まで寛二が来ており、「面会に来たが今すぐ船が出ないので、もどかしくて電話をかけた。一時間後にはそちらへ行く」とのことだった。治代は、蓄膿症の手術で重病棟にいた良三に急いで知らせ、ふたりで部屋に戻って寛二を迎えた。初対面だったが、何の隔たりもなかった。寛二は躊躇なく部屋にあがった。良三は心持ち緊張し、それでも持ち前のゆっくりした口調で感情を抑えるのがやっとといった様子であった。寛二は一時半から五時までを過ごし、帰路についた。

一九五七年十一月十五日（昭和三十二）四十歳　『詩集白い波紋』出版

三冊目の長島詩謡会の合同作品集。「白痴の唄」「畑を耕つ」「水を掬む女」「土壌」「めんどり」「裸の人」「黒い鴉」収録。良三はこの詩集を思った以上に良い

出来だと思った。以下の一節を良三は後記に記している。

「今日、われわれの願いはハンゼン氏病療園に対するいたずらな悲壮観を排除し、総《あら》ゆる人間が其の位置、其の大小を問わず、均しく互に赤裸々な生命を尊重し合い、各々が個の真実を示すことにより人類の一員としての責任を果し得るという平等感をもつて交わり、自らを生かすに最もふさわしい道であるとの自覚に立つて歩み、その重荷によつてこの世界に成長することである。

ここに集録された作品の全体を通じて、昨日が如何に嚙みしめられ、明日がどのように指さされているかを考えると同時に、ここから更に『如何に生きるか』の問題を追究し、より健康な人類の歴史を創造する其の方向をうながされるならば誠に幸いである」(12)

一九五八年四月二日(昭和三十三)四十一歳　神谷美恵子による調査が行われる

この日の午後、精神医学的調査報告講演会のために大講堂に集まった百二十二名に対して行われた。その中で、文章完成テストを試みており、内容は愛生園での生活について回答を求めたと思われる。虚無感を訴える回答がほとんどの中で、「ここの生活……かえって生きる味に尊厳さがあり、人間の本質に近づき得る」と記したのが良三である。

さらに、その中から選ばれた者に回心について詳しく書くように、神谷より書簡で依頼がきた。依頼された者は書簡で回答している。この調査の後に神谷美恵子は良三と知り合うことになる。同じ条件で生活をしている人の中での相反する回答への問いは、後に神谷の著書『生きがいについて』(一九六六年刊)執筆のきっかけとなっていく。

一九五九年三月二十九日(昭和三十四)四十一歳　廣江、藤子と再会する

良三は前の日から、もしかして今日姉たちが来ないかと、船が見えるところまで行ってしばらく待ったりしていた。良三は、友人の自転車に乗せてもらい、愛

生園を訪ねた姉二人を迎えに行った。しばらくすると三人並んで歩いてきた。

治代「どうですか、昔の面影がありますか」

廣江「ええ、ええとても、すぐわかりましたよ、少しも変わっていませんよ」

夫に良三の病気のことを黙っている妹たちを伴って来るために、廣江と寛二の努力は並々ならぬものがあった。丸二年かかった。菩提寺で良雄の法要の帰りに寄ったのも、家を出る口実だった。秋子は夫に事実を打ち明けることができず、直前に夫になんと言ってよいかわからない、と泣き出し、途中で愛生園に行かないことを決め、再会を断念した。

治代は姉たちに、元気なうちに会いに、せめて一緒に散歩できるうちに、と繰り返し手紙に書いてきた。当時、面会人と食事をすることは禁じられていたが、治代は敢えてご飯を炊き、卵を焼いた。

翌朝、良三は霧の立ちこめる海岸を姉たちと散歩した。良三はうれしいときにいつもする、口をふさいで笑う顔をしていた。

日記に良三は次のように記している。

「船越の受付けの側　藤子姉さんが立っている。廣江姉さんも出て来た。二人とも写真で見ていたのですぐわかる。

望んでいた　その願いが　いまかなえられた
会えたのだ。これでいい、もう　十分だ。姉弟として一つの環がもとのようにつながった。

お互いにくるしい過去があった。それをこえて来たからこそ　今が与えられたのだと――ことばでは表はせない気持ちが暖かく
互いの交はりを流れてうれしかった。よく来て下さった。俺も生きてきて良かった。この日の前に　他のものは皆とるにたらぬものだとさえ思えた。

（中略）部屋え上がってもらへるだろうか、一緒にお茶を呑めたらと思っていた。その小さな願いをこえて、
御飯を一緒に食べることが出来た。うれしかった。ほんとに身近かに　身も　心も　寄せて下さって語り合うことが出来た。

（中略）

昔のこと（母も、父も、お爺さんも　元気だった）を話し合った。

今日まで一三歳（満）以前の幼い瞼に残っていた大切な記憶が、今は単なる思い出としてだけでなく成人した四十一才の俺の心に　生きてきた。

療園で過ごした三十一年余の冷たい孤独の歳月が拭きさられ新たな過去に再出発し、肉親の温かに断たれることのないつづくこの生涯を過して今日まで来たのだと思った。

『過去が天候にも均しい豊かなものであろうと
貧しい生活であろうと、
それを経てこそ得られる今日なのだ
過去の積み重ねによって　こそ　育った今なのだ
生かさねば　過去に対して申し訳ないのだ』など話す。

三十年の哀しみが去った。今日のよろこびでこれから三十年は大丈夫だといった」

この春頃、良三の余命を案じた治代は詩集の出版を勧めた。経済的な問題もあったが、「今までの作品ではだめだ、これからのものならば――」と言う良三に治代は返す言葉もなかった。

九月七日　結核菌陽性、重病棟に入る

息切れがするくらいで、大した自覚症状はなかった。しかし、ここ二、三年は肝臓と腎臓が一進一退、貧血もあり、血尿が出ることもあった。一ヶ月が過ぎた頃から食欲がなくなり、吐き気、胃痛を訴えた。

九月二十四日　絶筆「旅人」

この頃良三は「詩が書けない、詩が書けない」と言った。「詩を書いているじゃないの……」と言う治代に、これは詩ではないと言い張り、「誰がなんと言っても俺は俺の詩を書く」と言い続けた。

十一月十七日、吐き気が激しくなり、鼻の管から栄養を摂った。

十一月末、治代は、もう快復は望めないと思った。良三は「俺はもうだめだから、本など整理してくれ。

静かなところへ行って死の準備がしたい」と言った。しかし、治代は良三のそばを離れる気にはとてもなれなかった。

毎日のように見舞ってくれる友人たちに、「世話になったなあ」と繰り返した。治代には何も言わず、にっこりと美しく幼く微笑むだけだった。

亡くなる数日前、「聖書を読んでくれ、詩篇がいいな、二十三篇」と言い、「今度はお前の好きなところを」と言い、治代は百二十篇を読んだ。


十二月三日（四十二歳）午前九時二十五分　良三死去

治代とひろちゃんの他に四、五人の友人に看取られた。とても寒く、風が強い日だった。弔問に訪れる人のために火鉢の火種を持って行くように治代に頼まれたひろちゃんは、火が消えないようにするのに難儀した。ひろちゃんが良三の亡骸と対面したとき、彫刻のような美しい顔をしていた。自分をかわいがってくれた大好きなおじさんの亡骸に会うのはとても怖かったが、対面して恐怖は吹き飛んだ。あまりに美しく、ひろちゃんは頬ずりした。するとやはりとても冷たかった。

良三の光田健輔医師への信頼は厚く、最期まで光田に診てもらいたかったが、光田はすでに病床にあり、願いは叶わなかった。光田が重病であることは知らされていなかったため、良三は希望し続けていた。

良三は生前、「俺は小さいときに両親と別れたからせめて、死んでからは両親の墓に入りたい、そうしてくれ」と言っていた。当時としては非常に困難なことで、治代は十中八九だめだと思ったが、廣江に相談したところ、いとも簡単に「さあ、どうぞ」と言われ感激した。

遺言通り、遺骨は愛生園の納骨堂と、両親の墓に分骨される。寺には、ある牧師が愛生園に来た帰りに寄って納骨してくれた。寶山家の男子三人は、次男・樟二が八ヶ月で死去、三男・良三が断種（一九一五年から全生病院にて光田の判断で開始され、一九四〇年「国民優生法」の下に実施された）、長男・達一は「寶山家にライを残さぬため寶山家を断つ」と良三と治代

に言い、子を残さなかった。

〔没後の出来事〕

一九六〇年三月（昭和三十五）**『愛生』にて特集「故志樹逸馬追悼集」が組まれる**

追悼文を寄せたのは、永瀬清子、森田竹次（詩友）、庸沢陵（詩友）、島村静雨（詩友）、島田等（詩友）。

十月一日　没後一年　『志樹逸馬詩集』発行

原田憲雄（詩人・日蓮宗）、禹雄兄弟（歌人）によって編まれる。一九四二年から憲雄の妻が短歌を通じて治代と文通をはじめたことが縁だった。「あなたが死んだら誰が出すんだ。僕たちだっていつ死ぬかも知れん」と治代を説得した。刊行までに約一年を要した。原田兄弟は、楽しい一年だったと述懐している。東京で出版記念会がもたれ、治代も上京した。鶴見、原田正二（詩人・厚生省の広報専門官）も出席している。

十一月二十七日夜　『志樹逸馬詩集』出版記念会開催

愛生園自治会会議室にて。長島詩謡会の他にも親しかった人々約三十人が集まった。治代や島村の挨拶、良三による詩の朗読や東京での出版記念会の録音の披露、出席者による好きな詩を挙げての話など、会は予定の二時間をはるかに超え、三時間余り、九時を過ぎて終了した。

一九六一年二月（昭和三十六）**没後二年　『愛生』にて『志樹逸馬詩集』特集が組まれる**

出版につき、詩友や愛生園の職員、療養所関係者、教会関係者、園外の詩人会の関係者からことばが寄せられた。

一九六六年四月三十日（昭和四十一）**没後七年　神谷美恵子『生きがいについて』発行**

「丘の上には」「土壌」「代償」が引用されている。「はじめに」では神谷美恵子が行った精神医学的調査に良三が記した文章も引用され、この本の執筆にあたり、神谷は良三から大きな影響を受けたことを記している。本はベストセラーとなり、良三の詩は多くの人々の目に触れることとなった。五月十七日には神谷から治代へ「御礼ささげる」との言葉と共に本が贈られた。

一九六八年三月一日（昭和四十三）**没後九年　『つくられた断層』発行**

四冊目の長島詩謡会の合同作品集。「旅人」「成長」「わたしの小さい手に」「心すまして」「死の床に」収録。

一九八四年三月一日（昭和五十九）**没後二十五年　『島の四季』発行**

発行から五年ほど前、好善社で良三の遺稿のことが話題になった。先に出版された『志樹逸馬詩集』は絶版となっていたため、新たに編集し、もう一度多くの人々に紹介できないか、との願いから出版に至った。表紙と扉のスケッチと良三のプロフィール執筆を引き受けたのは、長島詩謡会で良三の後輩の島村静雨。

二〇〇三年十月二十四日（平成十五）**没後四十四年　『ハンセン病文学全集第6巻　詩一』発行**

「足を病むあなたに」「水」「芽」「私の生活」「白痴の唄」「懸命に」「友を愛することを」「秋の小川」「妻のこと」「石ころ」「黒人霊歌」「わたしの存在が」「旅人」「朝」「おれは近ごろ」「毎日刻々」「手風琴」「虫のなく夜　灯の下で」収録。

二〇〇四年二月十五日（平成十六）**没後四十五年　『ハンセン病文学全集第7巻　詩二』発行**

「水仙」「五月」「洗濯」「露（二）」「夜光虫」「夕映え」「秋の畑」「切株」「癩者」「（二十八年間）」「（苦しい時には）」「（俺だけが）」「痴呆の如く」「とりあえず」「（大空を仰ぐとき）」「（苦しみを踏み台として）」

「曲った手で」「神さまわたしを」収録。

八月二十六日　河内山耕と荒井英子が出会う

恵泉女学園大学の荒井英子准教授はフィールドスタディ「三陸リアスと森と里――いのちを育み合う暮らしを体験的に学ぶ」で、十数名の学生たちとプログラムのひとつとして農作業を体験するため、有機農場「うたがき優命園」を訪ねた。優命園は河内山耕（良三の姉である廣江の孫）・可奈夫妻が経営し、里山で養鶏を営んでいる。耕は、荒井や学生たちが大学で学んでいる専門分野について尋ねた。そのとき、話がハンセン病に及んだ。耕は、学生たちが耕のもとを訪れる数ヶ月前から、廣江の生誕百年を祝うため資料を準備していた。実家の本棚で良三の詩集を手に取り、そのとき初めて、耕の母・和子（廣江の娘）から良三のことを知らされる。いっぽう荒井は、この年の夏休み前、ゼミ生の込山志保子から、卒業論文のテーマを探すなかで志樹逸馬の詩に出会ったとの話を聞いてきたばかりだった。治代の消息を調べるため、荒井は知人を頼った。その知人は愛生園の曙教会聖書学舎で治代と机を並べた仲であり、治代の消息はすぐにわかった。耕は、良三の資料や治代の近況について、双見美智子（愛生編集部）へ手紙で問い合わせた。耕は双見から治代の近況を聞き、連絡を取ることができた。

十一月　耕が和子、千枝、宏子（和子の姉たち）と治代を訪ねる、良三の遺稿はすべて治代から耕に託される

およそ四十五年間、治代は良三の遺稿をすべて手元に保管していた。耕に遺稿を手渡すと治代は、遺稿の全てが帰るべきところに帰っていったと思った。

二〇〇五年十二月五日（平成十七）没後四十六年　耕が愛生園に来園、遺骨をすべて引き取る

翌年の雪解けとともに納骨。廣江、寛二の遺骨とともに岩手の墓に納められている。墓石は詩碑にもなっており、刻まれた詩は「曲った手で」。詩は和子に頼まれ、治代がひとつあげるとすれば、と選んだ。治代は、ハンセン病を知らない人には意味がわからない詩

であるし、わかる人にはハンセン病とわかってしまうかも知れないのでその詩は詩碑にふさわしくないと言った。しかし和子は、それでも構わないと言った。

二〇一九年十一月九日（令和元）没後六十年　「没後60年・志樹逸馬展」開催

「志樹逸馬展」は、東京・国立ハンセン病資料館ギャラリーにて開催。良三の写真や直筆の創作ノートが展示された。

注

1 松本皓一「『教育者』型人格における宗教体験と聖・俗の行動傾向　栽松・宝山良雄の場合」『宗教的人格と教育者』秋山書店、二〇一四年

2 「著者紹介」大岡信他『ハンセン病文学全集第6巻　詩一』皓星社、二〇〇三年

3 熊本日日新聞社編『検証・ハンセン病史』河出書房新社、二〇〇四年

4 志樹逸馬「いかに生きるか」『思想の科学会報』一九五八年

5 同右

6 木村哲也『来者の群像　大江満雄とハンセン病療養所の詩人たち』編集室水平線、二〇一七年

7 志樹逸馬、前掲

8 志樹逸馬、前掲

9 志樹逸馬、前掲

10 思想の科学研究会「庶民列伝第8回　病人　西木延作の生活と思想」『中央公論六月号』一九五四年

11 志樹逸馬「現代を生きる女性研究（四）癩者に捧げる未完の生涯　看護婦牧野ふみの記録」『新女苑十月号』一九五四年

12 志樹逸馬「後記」『詩集　白い波紋』長島詩謡会、一九五七年

参考文献

私家版『河内山廣江　生誕百年　父・宝山良雄と弟・宝山良三（志樹逸馬）について』河内山耕作成、二〇〇四年
志樹逸馬『いかに生きるか　下書き（一）～（三）』一九五四年
志樹治代「私の夫の生涯」『思想の科学№39』思想の科学社発行、一九六五年六月
志樹治代　二〇一一年三月、二〇一二年三月（聞き手：込山志保子）
河内山耕　二〇〇四年十一月（聞き手：込山志保子）
ひろちゃん　二〇一三年、二〇一五―二〇一九年（聞き手：込山志保子）
志樹逸馬「日記」一九五二年八月二十三日、一九五六年七月二八日、一九五九年三月二十九日
志樹逸馬「感想録　一九五〇年三月」一九五一年一月二十九日
原田憲雄・原田禹雄・志樹治代「あとがき」志樹逸馬『志樹逸馬詩集』方向社、一九六〇年
島村静雨「志樹逸馬その人と詩」志樹逸馬『島の四季』編集工房ノア、一九八四年
小澤貞雄・長尾文雄「あとがき」志樹逸馬『島の四季』編集工房ノア、一九八四年
「故　志樹逸馬追悼集」『愛生』一九六〇年三月
島田等「『志樹逸馬詩集』出版記念会の記」『愛生』一九六一年二月
「園内文芸復興に拍車『回春病室』記念文学賞設定」『愛生』一九五二年二月
神谷美恵子『生きがいについて』みすず書房、一九六六年
神谷美恵子「愛生園における軽症患者の精神状態」『長島紀要』八号、一九五九年十一月
近藤宏一『闇を光に　ハンセン病を生きて』みすず書房、二〇一〇年
若松英輔「無名なものたちに照らされて」『ＮＨＫ

テキスト　100分de名著　神谷美恵子　生きがいについて』NHK出版、二〇一八年

若松英輔「生きがいの詩」『NHKカルチャーラジオ　文学の世界　詩と出会う　詩と生きる』NHK出版、二〇一八年

黒川創『鶴見俊輔伝』新潮社、二〇一八年

犀川一夫『門は開かれて』みすず書房、一九八九年

二宮鐘秋　二〇一八―二〇一九年（聞き手：込山志保子）

安中尚史「近代日蓮宗の海外留学についての一考察」『印度学仏教学研究第四十二巻第二号』一九九四年三月

『南山堂　医学大事典（五刷）』南山堂、二〇一一年

高木智子『隔離の記憶』彩流社、二〇一五年

多磨全生園患者自治会　代表　松本馨『倶会一処　患者が綴る全生園の七十年』株式会社一光社、一九七九年

ハンセン病と人権を考える会『知っていますか？ハンセン病と人権　一問一答　第2版』株式会社解放出版社5、二〇〇〇年

荒井献「編者あとがき」荒井英子『弱さを絆に――ハンセン病に学び、がんを生きて』株式会社教文館、二〇一一年

著者　志樹逸馬（しき・いつま）

1917年山形県生まれ。13歳でハンセン病を発病、多磨全生園（東京都）に入る。

その後、長島愛生園（岡山県）に移り、養鶏の仕事のかたわら17歳頃から創作を始め、生涯を通して園内外の雑誌に作品を多数発表。25歳キリスト教の洗礼を受ける。

1959年没、享年43。ノートおよそ60冊の遺稿を遺す。

神谷美恵子に大きな影響を与え、著書『生きがいについて』（みすず書房、1966年）では詩が引用されている。これまでに『志樹逸馬詩集』（方向社、1960年）、『島の四季』（編集工房ノア、1984年）の2冊の詩集を刊行（いずれも本書に収録）。

編者　若松英輔（わかまつ・えいすけ）

詩人・批評家・東京工業大学リベラルアーツ研究教育院教授。1968年生まれ。

2007年「越知保夫とその時代 求道の文学」にて三田文学新人賞、2016年『叡知の詩学 小林秀雄と井筒俊彦』にて西脇順三郎学術賞、2018年『詩集 見えない涙』にて詩歌文学館賞、『小林秀雄 美しい花』で2018年角川財団学芸賞と2019年蓮如賞受賞。 著書に『イエス伝』（中央公論新社）、『魂にふれる 大震災と、生きている死者』（トランスビュー）、『生きる哲学』（文春新書）、『霊性の哲学』（角川選書）、『悲しみの秘義』（ナナロク社）、『内村鑑三 悲しみの使徒』（岩波新書）、『生きていくうえで、かけがえのないこと』『言葉の贈り物』『言葉の羅針盤』『常世の花 石牟礼道子』（以上、亜紀書房）など多数。詩集に、『詩集 見えない涙』『詩集 幸福論』『詩集 燃える水滴』（亜紀書房）。

年譜作成　込山志保子（こみやま・しほこ）

1982年東京生まれ。

2005年恵泉女学園大学人文学部人間環境学科卒業。

卒業論文は「志樹逸馬の詩にみる信仰――こころのことばをきく――」。

大学卒業後も、仕事に従事しながら志樹逸馬の足跡をたどる。

新編　志樹逸馬詩集

二〇二〇年一月六日　第一版第一刷発行

著者　志樹逸馬
編者　若松英輔
発行者　株式会社亜紀書房
郵便番号　一〇一-〇〇五一
東京都千代田区神田神保町一-三二
電話　〇三-五二八〇-〇二六一
振替　00100-9-144037
http://www.akishobo.com

装丁　たけなみゆうこ（コトモモ社）
印刷・製本　株式会社トライ
http://www.try-sky.com

Printed in Japan